추천의 말

가상세계 사람들은 죽으면 어디로 갈까? 어디로도 가지 못하고 영영 방치되거나 바로 소멸하는 걸까? 《확장윤회양분세계》는 내가 빚어놓고는 잊어버렸던 사람들의 내세를 묻는 소설이다. 작중 sam4 시뮬레이션 속 사람들은 윤회 시스템에 따라 차안과 피안을 오가며 삶과 죽음을 거듭한다. 순환 체계가 무너진 다음에는 누구도 죽지도, 태어나지도 못하는 시간을 경험한다. 그런데 햇빛조차 사라진 세상에서 삶의 고통을 이야기하는데도 작중의 분위기는 무겁지 않다. 사람들의 소소한 일상과 구체적인 희로애락이 빛나는 덕분이다. 그들은 우리와 무관하지 않다. 빛이 없는 상태인 무명無明이 인간의 번뇌를 의미한다는 점을 생각하면, 무명無名의 질문은 우리의 물음과 이어진다. 여기에는 빛을, 의미를, 다음을 기약하는 마음이 있다.

심완선(SF 평론가)

확장윤회양분세계

확장 ⟶ 윤회
양분 ⟶ 세계

조현아 연작소설

잇다

차례

세계의 에필로그

[긴급] sam4 다운

2024.09.20. 오전 09:30

보낸 사람: Sungmi Park ⟨saint-beauty@hanguk.ac.kr⟩

받는 사람: 연산윤회연구소 ⟨tobecontinued@sams.ins.kr⟩

안녕하세요. 한국대학교 가상세계구상실현연구실 박성미 연구원입니다.

연산윤회연구소에서 맡겨주신 sam4에 치명적인 오류가 발생하여 모든 데이터가 손상되었습니다. 9월 9일에 공유한 정기 백업을 기반으로 최대한 살려보겠습니다.

현재 저희 연구소 주요 인원이 신종 코로나 바이러스 감염으로 인하여 연락이 어렵습니다. 연락은 제 메일과 내선 번호 8281로 부탁드립니다.

박성미 올림

Re: [긴급] sam4 다운

2024.09.20. 오전 10:04

보낸 사람: 연산윤회연구소 〈tobecontinued@sams.ins.kr〉

받는 사람: Sungmi Park 〈saint-beauty@hanguk.ac.kr〉

연산윤회연구소입니다.

많이 놀라신 것 같은데 저희는 괜찮습니다.

가상세계구상실현연구실에 부탁드린 것은 sam4의 구동과 그 안에 구축된 PYAYAN 세계의 관찰이었습니다. 가상세계 관찰에는 당연히 그 세계가 어떻게 종말을 맞이했는지 관찰한 데이터도 포함됩니다.

구체적인 경위는 차차 묻도록 하고, 저희 측에서 부탁드리고 싶은 일은 세 가지입니다.

1. '치명적인 오류' 직후, 생성된 데이터를 먼저 복구해 주십시오.

2. '치명적인 오류' 직전, 마지막으로 생성된 데이터를 메일로 첨부해 주십시오.

3. 데이터 복구가 완료되어도 세계에 개입하지 말아주십시오.

첫 구동 후 120주가량 지난 상황이니만큼, 복원하고 정리하는 데 오 랜 시간이 걸릴 테지요. 무리하지 마시고 틈틈이 상황 공유 부탁드립 니다.

연산윤회연구소 드림

RE: Re: [긴급] sam4 다운

2024.09.20. 오전 10:15

보낸 사람: Sungmi Park 〈saint-beauty@hanguk.ac.kr〉

받는 사람: 연산윤회연구소 〈tobecontinued@sams.ins.kr〉

전체 데이터 손상률 98퍼센트입니다.

자동 복원 시도 후 수동 복원에 들어가겠습니다.

자동 복원은 대략 48시간이 소요될 예정입니다.

복구되는 동안 사고 경위 파악하겠습니다.

박성미 올림

사고 경위 설명하겠습니다.

2024.09.20. 오후 01:03

보낸 사람: Sungmi Park ⟨saint-beauty@hanguk.ac.kr⟩

받는 사람: 연산윤회연구소 ⟨tobecontinued@sams.ins.kr⟩

안녕하세요, 가상세계구상실현연구실 박성미 연구원입니다.

9월 11일부터 9월 12일까지 메타버스 관련 학회에 저희 연구실 주요 관리 인원들이 참여했습니다. 학회가 끝나고, 학회 참여 인원 중 코로나 바이러스 확진자가 나왔다는 통보를 듣고 학회 참여 인원 모두 PCR 검사를 진행했습니다. 그 결과 참여자 모두 격리 대상자가 되었습니다. 가장 먼저 격리 해제된 제가 9월 20일에 연구실에 나오기까지 일주일간 연구실 관리에 공백이 있었습니다.

9월 15일에 연구실이 있는 정보공학관 3동이 전기 시설 교체로 전체 정전이 예정되어 있었지만, 전달 체계에 공백이 생겨 연구실 구성원들에게 공지 사항이 제대로 전달되지 못했습니다. 다만, 정전 직전까지 석사과정생 두 명이 sam4에 접속한 정황이 확인되었습니다.

두 사람은 9월 15일 sam4에 '첫 번째 오류'를 발생시켰고, 정전 후 자리를 떠났습니다. 그들이 임시 저장, 자동 저장, 백업 기능을 모두 꺼놓은 바람에 15일 이후부터 제가 출근한 20일까지 PYAYAN 세계가 오류가 발생한 채로 돌아가고 있었습니다. 이 상황이 '두 번째 오류'입니다.

현재 sam4는 9월 15일 이후 저승 영역이 소멸된 상태로 내부 시간이 흐른 것으로 확인됩니다. 우리 세계에서 5일이 지나는 동안 게임 안에서는 1500일, 즉 4년 넘게 시간이 흐른 상태입니다.

불미스러운 일을 일으켜서 정말 죄송합니다.

박성미 올림

Re: 사고 경위 설명하겠습니다.

2024.09.20. 오후 03:31
보낸 사람: 연산윤회연구소 〈tobecontinued@sams.ins.kr〉
받는 사람: Sungmi Park 〈saint-beauty@hanguk.ac.kr〉

사고 경위를 듣고자 한 건 책임을 묻기 위해서가 아니라, 그냥 저희도 사람인지라(^^;;) 사고의 전말이 궁금했기 때문입니다. 예측하지 못한 일에 많이 놀라신 것 같은데 저희는 정말로 괜찮습니다.

오히려 저희는 30개월 만에 처음 찾아온 PYAYAN 세계의 끝이 어떤 모습으로 어떻게 진행되었고, 세계의 구성원들은 어떻게 받아들였는 지를 알고 싶습니다. PYAYAN 세계의 시간을 최대한 느리게 설정한 상태로(임의로 멈추는 게 더 큰일입니다!) 확인 부탁드립니다.

앞으로도 그 친구들에게, 박성미 연구원님께, 그리고 가상세계구상실 현연구실에 이 사건에 대한 책임을 묻는 일은 없을 겁니다. 복원하는 동안 맛있는 거 드시고 마음 가라앉히셔요. 학교 근처 빵집과 편의점 기프티콘을 몇 개 보냅니다. 힘내세요.^^

연산윤회연구소 드림

[첨부 파일 2개]
편의점 기프티콘.jpg
빵 기프티콘.jpg

[긴급] sam4 자동 복원 성공

2024.09.23. 오전 00:15

보낸 사람: Sungmi Park 〈saint-beauty@hanguk.ac.kr〉
받는 사람: 연산윤회연구소 〈tobecontinued@sams.ins.kr〉

데이터 자동 복원에 성공했습니다. 자동 복원으로 복구된 로그는 하나뿐입니다. 나머지 기록은 수동으로 복구해 보겠습니다.

이전 메일에서도 언급했지만 9월 15일에 연구동 전체 정전이 있었는데, 그 직전에 저승 영역이 소멸했습니다. 그러니 9월 15일부터 9월 20일까지 복원되는 로그는 어떤 것도 죽지 않고, 어떤 것도 태어나지 않는 세계의 기록이라고 생각해 주십시오.

첨부 파일은 저승의 개체 하나가 정전 직전에 남긴 로그입니다. 데이터 원본 파일과 더불어 인문대 조교 한가람 씨가 윤문한 로그를 함께 첨부합니다.

믿고 기다려주셔서 감사합니다. 수동 복원이라 얼마나 걸릴지는 모르겠지만, 최대한 빨리 그리고 온전하게 복원해 보도록 하겠습니다.

마음 써주셔서 감사합니다.

박성미 올림

[첨부 파일 1개]
Py_p2_p977548.zip

Py_p2_p977568.txt

Py_p2_q9mNi%wI089VSQWs.pdf

Py_p2_q9mNi%wI089VSQWs.pdf

[2024년 9월 15일 14시 59분(UTC+9)에 기록된 로그입니다.]

[편집자 한가람]

이 일은 정말 더럽게 힘들다. 사실 뒤지게 힘든데 뒤질 수도 없다. 그래서 뒤지게 힘든 게 아니라 더럽게 힘든 거다.

저승, 천국, 지옥, 낙토, 극락, 피안……. 사후세계를 가리키는 모든 단어는 내 직장의 다른 이름이다. 저승의 주인은 사장이다. 사장은 우리를 저승지기라고 부르고, 저승지기들은 사장을 악덕이라고 부른다. 심심치 않게 저승의 이름을 바꿔, 안 그래도 많은 일을 늘리기 때문이다. 최근에는 저승의 이름을 '피안'이라고 바꾸어서, 건너편은 '차안'이 되었다. 피안과 차안을 중개하는 진원지에서 이름 좀 작작 바꾸라며 사람이 건너왔다. 그는 진원지에서 두 세계를 잇고 순환시키는 의식을 준비하는 제관祭官이었다. 각 영역의 이름을 바꾸면 의식을 처음부터 준비해야 하니, 이름을 바꾸기 전에 미리 통보라도 해달라는 하소연을 하고 진원지로 되돌아갔다.

차안은 생의 영역이다. 차안에서 살다 죽은 것들은 피안으로 넘어와 일련의 절차를 밟고 다시 차안에서 생을 시작한다. 예전에는 죽는 존재가 태어나는 존재보다 적어서 순환이 지나치게 빨라지지 않게끔 쓸모없는 절차를 추가해서 속도를 조절했는데, 최근 인간이 지나치게 늘어나는 바람에 이 체계가 완전히 엉망진창이 되었다.

인간은 지나치게 똑똑하고 만족을 몰랐다. 예전이면 일찍 죽었을 병을 약과 수술로 꾸역꾸역 버텨내며 삶을 이어갔다. 개체수가 폭증하며 먹기 위해 죽이는 속도도 빨라졌다. 동물은 순식간에 고기가 되고, 나무에는 순식간에 열매가 맺혔다. 모든 것은 인간의 위장으로 향했다. 인간이 해치우는 것들이 너무 많아서 죽은 식물과 동물을 곧바로 식물과 동물로 순환시켜도 턱도 없이 부족했다. 심지어 죽은 인간 대부분을 동식물로 환생시켜도 인간이 죽이는 속도를 따라가지 못했다.

우리의 절차도 억지스럽게 바뀌었다. 죽은 인간은 이곳에 와서 선택해야 했다. 기억을 버리고 다시 차안에서 살아갈 것인지, 기억을 품은 채 이곳에서 뒤지게 일할 것인지. 당연히 피안에서는 뒤지게 일해야 한다고 말하지 않는다.

더 많은 죽음을 더 오래 수용하기 위해 피안의 영역을 넓히는 것도 한계에 도달했다. 피안정착부에서 함께 일하는 내 친구는 '인간, 인간을 없애야 한다고!' 외치는 악귀가 되어버렸다.

"선생님, 여기에 서명하시면 됩니다. 서명한 후에는 돌이킬 수 없으니 신중히 생각하세요."

삶에는 끝이 있다. 태어나는 방식은 정해져 있어도 끝맺는 방식은 다양했다. 가족과 마지막 인사를 나누고 죽은 자부터 인간에게 돌이킬 수 없는 상처를 입고 스스로 목숨을 끊은 인간까지 모두 옛 기억을 안고 이곳에 모인다.

기억을 영원히 곱씹을 것인가, 기억을 버리고 다른 형태의 고통을 겪으며 살아갈 것인가. 그 서류를 받았을 때 나는 이미 너무나 지쳐 있었다. 기억에 고이기를 선택한 대가로, 나는 뒤지게 힘들지만 이미 뒤졌으므로 뒤지게 일 시켜도 뒤지지 않는 영원불멸의 사축社畜으로 거듭났다.

"벌써 서명하셨어요?"

"삶이 지긋지긋해요."

나는 더 물어보지 않고 그 사람의 서류를 받았다.

피안의 적극적인 사축육성정책은 99.7897퍼센트까지 치솟았던 피안 면적 대비 죽은 존재의 수를 88퍼센트까지 감소시켰다.

최근 몇백 년 동안 피안을 괴롭혔던 문제를 어떻게든 해결하고 통제하게 되자, 우리는 진정한 문제에 맞닥뜨렸다. 문제의 근원은 죽은 존재가 지나치게 많다는 게 아니었다. 피안이 수용 범위를 초과하지 않기 위해 온갖 방법을 불사하는 바람에 순환의 고리가 돌이킬 수 없이 망가졌다는 게 진짜 문제였다.

"사자부 일, 들었어?"

"응. 내일부터 일 안 한다는데?"

"진짜 안 한대?"

"응."

육체가 없는 우리는 육체가 매개하는 고통과 쾌감, 허기짐이나 배변 욕구, 수면욕을 느끼지 못한다. 하지만 정신은 이렇게 덩그러니 남아서 끝없는 피로를 영원히 쌓아간다. 인간은 너무 많았고 죽는 인간의 수도 너무 많았다. 그러니 업무 시간 개념은 무의미하다. 돌아갈 집도 없고 감기는 눈꺼풀이 있는 것도 아니니 서명한 이후에는 계속 이곳에서 일해왔다.

"업무 포기하면 어떻게 되더라?"

"차안으로 보내는 걸로 아는데, 하필이면 사자부라서 함부로 보낼 수도 없을걸?"

이 지독한 세계는 저승사자가 직접 죽은 인간을 인도했다. 물론 하루동안 죽은 인간의 수는 저승에 고용된 사자들보다 훨씬 많았다. 내가 소속된 피안정착부는 강 몇 개를 건너며 좀 차분해진 자들을 상대하지만, 사자부는 갓 죽은 자가 내뿜는 날것의 감정을 감당해야 했다. 사념체일 뿐인 우리에게는 너무나도 괴로운 업무였다.

"사장도 좀 그렇다. 양보하면 덧나나?"

"사장에게 인간의 마음이 있긴 할까?"

"그럼 사자부는 진짜 파업하고, 우리는 아무 대책 없는 거야?"

"응."

"회전목마는 놀이공원 닫으면 쉬기라도 하지. 사자부 파업하면 우리가 사자부 일도 해야겠네."

"놀이공원이 안 닫히면 닫아버리면 되는 거 아니야?"

업무 때문에 사자부에 자주 드나들던 동료도 물든 모양이었다.

"우리가?"

"놀이공원이 안 닫혀? 그럼 놀이공원 전력을 차단해 버리자고."

"너 사자부랑 같이 파업하게?"

"최악의 상황이래 봤자 다시 태어나는 것밖에 더 있냐? 차라리 다시 태어날래."

사자부 파업은 얼마 지나지 않아 피안 총파업으로 이어졌다. 이곳에는 시간관념이 없으므로 총파업이 조직되는 데 얼마나 걸렸는지도 모르겠다. 어느새 나도 맨 앞에 서서 사장에게 제대로 된 처우를 요구하고 있었다.

사장은 타협은 없다며 우리를 모두 순환의 고리로 보내버렸다. 다들 내심 순환의 고리로 가기를 원해서 파업한 거였는데, 나보다 훨씬 오래 일한 자들은 사장에게 이런 방식으로 징계해서는 안 된다고 호소했다.

그도 그럴 것이 우리 세계에서 가장 중요한 규칙은 '죽은 만큼 살리고 살린 만큼 죽인다'이기 때문이다. 순서와 절차를 모두 무시하고 피안의 관리 인원을 한꺼번에 차안으로 보내버리면, 차안은 실시간으로 밀려오는 죽은 자를 수용하지 못하게 되고, 결국 피안이 차안으로 흡수될 가능성이 높다는 게 그들의 주장이었다.

하지만 이런 쓴소리를 귀담아 들으면 과연 피안의 사장이랴. 우리는 결국 고리로 밀어 넣어졌다. 그러나 내가 빠져나가는 순간, 순환의 고리가 박살 나며 저승은 순식간에 생의 영역으로 바뀌었다.

아아, 나는 저승에서 뒤지게 고생만 하다가, 이젠 뒤지지도 못하는데 이승으로 뒤지게 고생하러 환생하는구나.

Re: [긴급] sam4 자동 복원 성공

2024.09.23. 오전 09:32

보낸 사람: 연산윤회연구소 〈tobecontinued@sams.ins.kr〉

받는 사람: Sungmi Park 〈saint-beauty@hanguk.ac.kr〉

복원하느라 고생하셨습니다.

보내주신 로그는 잘 읽어보았습니다. 앞으로도 로그를 공유할 일이 생긴다면 한가람 선생님께서 데이터를 이야기로 만들어주시면 좋겠어요.

PYAYAN의 시간을 멈춘 상태에서 수동 복원이 된다면 PYAYAN의 리셋은 가장 뒤로 미루어주시기를 바랍니다. 세계의 새로운 시작은 수동 복원이 완료되고, 윤 교수님과 모든 연구원이 복귀한 후, 저희 측 연구원도 동석한 자리에서 했으면 좋겠습니다.

그동안 로그에 관련된 요청을 드리지 않은 까닭은 우리의 공감 능력과 관련 있습니다. 아무래도 PYAYAN 내 개별 존재의 의식을 자주 접하게 되면 특정 존재에게 이입하게 되고, 우리가 그 개체의 삶에 강하게 공감할수록 PYAYAN에 개입할 여지도 많아집니다. 이러한 동기에서 이루어지는 개입이 나쁘다고 말씀드리는 게 아닙니다. 저희는 PYAYAN의 첫 번째 종말이 세계 내부에서 시작되기를 바랐습니다. 외부 충격 없이, 온전히 내적 모순만으로 끝나는 세계를 관찰하는 것이 목적이었기 때문입니다.

연산윤회연구소는 저승 영역이 사라진 채 시간이 흐르는 이승의 모습에 매우 큰 흥미를 느낍니다. 현실 시간보다 300배 빠르게 설정된 PYAYAN 세계는 가상현실구상실현연구실에 맡긴 120주 동안 현대 문명과 유사한 수준에 도달한 것으로 보입니다. 그 정도로 발달한 사회라면 죽지 못하는 것만으로는 문명도, 인간도 쉽게 끝을 맞이하지는 않겠지요. PYAYAN의 개체들이 죽지 못하는 세계를 어떻게 극복하고 수용하고 포기했는지에 관한 기록을 이른 시일 내에(절대 재촉하는 게 아닙니다!) 보고 싶습니다.

연산윤회연구소 드림

현재까지 상황 공유드립니다

2024.09.24. 오후 03:15

보낸 사람: Sungmi Park 〈saint-beauty@hanguk.ac.kr〉

받는 사람: 연산윤회연구소 〈tobecontinued@sams.ins.kr〉

안녕하세요, 박성미입니다.

아침에 윤 교수님의 전화를 받으셨으리라 생각합니다.

신종 코로나로 격리·치료 중이던 모든 인원이 연구실로 복귀했습니다. 수동 복원을 도와줄 일손이 늘어 복구는 순조로이 진행 중입니다. 정전 이전에 생성된 로그는 모두 복구되었고, 오늘 오후 3시를 기점으로 정전 직후 생성된 로그도 80퍼센트가량 복구되었습니다. 그중 흥미로운 로그 두 개를 한가람 씨에게 윤문을 맡겨 파일로 첨부했습니다.

복원 중 알게 된 사실인데, 정전된 순간 UPS 장치가 3분간 작동했습니다. 컴퓨터가 꺼지기 직전, PYAYAN이 '긴급 저장'되었다는 뜻입니다. '긴급 저장'은 제가 임의로 삽입해 둔 코드로 갑자기 전원이 꺼지면 모든 데이터가 강제로 저장되는 기능입니다. 이후 자동으로 재부팅되는 와중에 sam4와 충돌하면서 오류가 발생했는데, 이 오류가 제가 9월 20일에 보고한 '두 번째 오류'입니다.

이 오류에 대해 상세히 설명드리겠습니다. PYAYAN 세계는 이 오류로 인해 암전되었습니다. 세계에서 빛이 사라진 것입니다. 현재 PYAYAN 세계는 모든 존재가 죽지 못할 뿐 아니라, 게임 내부 시간으로 4년 이상 자연광이 완전히 사라진 상황입니다.

즉, 현재 PYAYAN 세계는

1. 저승 영역의 소멸로 산 존재와 죽은 존재 간 전환이 불가능합니다.

2. 저승 영역이 사라졌으므로 윤회와 해탈도 불가능합니다.

3. 저승이 없어 죽을 수 없고, 윤회가 이루어지지 않으므로 태어나는 존재도 없습니다.

4. 세상은 몇 년 동안 빛이 사라진 상태로, 오류가 해결될 때까지 어두울 예정입니다.

구체적인 데이터는 메일에 첨부하겠습니다.

박성미 올림

[첨부 파일 1개]

0924_pyayan.zip

  Py_p0_p977568.txt

  Py_p0_p991724.txt

  취미_비전공자.pdf

시장판_단독_콘서트.pdf

pyayanworld_memory.dat

RE: 현재까지 상황 공유드립니다.

2024.09.25. 오후 01:49

보낸 사람: 연산윤회연구소 〈tobecontinued@sams.ins.kr〉

받는 사람: Sungmi Park 〈saint-beauty@hanguk.ac.kr〉

안녕하세요, 연산윤회연구소입니다.

보내주신 데이터와 메일 잘 보았습니다.

저희에게 보내주신 로그 외에 나머지 데이터와 로그를 분석했는데, 연구원님께서 메일로 보고해 주신 내용과 일치하지 않는 점을 발견했습니다.

PYAYAN 세계는 각 개체가 고유한 16자리 코드를 보유합니다. 예를 들어, '김철수'라는 인간의 코드가 'gh1a*1qptgvn#KQf'라면, 김철수라는 인간이 죽고 윤회하여 메뚜기로 태어난다 해도 고유 코드 'gh1a*1qptgvn#KQf'는 달라지지 않습니다.

PYAYAN 세계의 핵심은 '확장'입니다. 처음 세계를 구동했을 때는 이승만 존재하다, 세계 내에서 첫 번째 죽음이 발생하는 순간 저승이 생성되어 윤회 시스템이 작동합니다.

또한 PYAYAN 세계의 종은 세계 내 자율 상호작용이나 관리자 권한 혹은 설정된 멸종 확률에 의해 절멸될 수는 있습니다만, 기본적으로 일정 시간마다 새로운 코드가 생성되도록 설계했습니다.

제가 말하고 싶은 것은 간단합니다. PYAYAN 세계의 개체는 반드시 늘어나도록 설계되었으며, 고유 코드를 통해 개체의 환생 이력을 열람할 수 있습니다. 개체의 소멸은 해탈을 통해서만 가능합니다.

그런데 보내주신 데이터에서 저희의 설계와 일부 모순되는 부분이 발견되었습니다. 120주 동안 단 하나였던 해탈 개체(그것도 우리의 필요로 만든 것이었죠)가 어째서 며칠 만에 급속도로 증가한 것일까요? 현재까지 파악한 바에 따르면 고유 코드 243개가 소멸되었습니다.

연산윤회연구소는 지금 PYAYAN 세계에서 일어나는 일을 조금 더 구체적으로 알고 싶습니다. 로그 복원하느라 바쁘신 건 알지만 소멸한 고유 코드들의 추적도 부탁드리겠습니다. 연구소에서 연구원 한 명을 파견해도 될까요?

연산윤회연구소 드림

RE: re: 현재까지 상황 공유드립니다

2024.09.25. 오후 08:18

보낸 사람: Sungmi Park ⟨saint-beauty@hanguk.ac.kr⟩

받는 사람: 연산윤회연구소 ⟨tobecontinued@sams.ins.kr⟩

9월 25일 오후 8시 현재, 소멸한 고유 코드는 총 288개입니다. 지금도 계속 늘어나고 있습니다.

처음 PYAYAN이 만들어졌을 때, 이 세계를 유지 보수하기 위해 이승과 저승 어디에도 속하지 않는 공간을 만들고, 그곳에서 생성된 첫 번째 개체를 강제로 시스템 바깥으로 이탈시켰었지요. 그곳에 머무는 개체들은 모두 세계 안쪽에서 '관리자 권한'을 가질 수 있도록 프로그래밍된 것으로 기억합니다. PYAYAN 세계가 가동된 지 800일을 훨씬 넘긴 지금, 그곳은 '진원지'라는 이름이 붙었고, 진원지에 머무는 개체들은 종교적 의례를 통해 관리자 권한을 발동, 우리와 PYAYAN 세계를 중개하며 세계를 고쳐왔습니다.

이번 사고로 진원지 역시 이승과 합쳐진 것으로 보입니다. 진원지의 개체들을 추적해 보았는데, 그곳의 개체 하나가 세계를 돌아다니면서 개체들을 소멸시키고 있습니다. 방랑한 기간에 비해 사라진 코드가 적은 것으로 봐서는 나름의 원칙을 세워 행동하고 있는 것 같습니다. 이 개체가 우리와의 접촉을 거부하고 있어 문제를 해결하려면 시간이 오래 걸릴 것 같습니다.

현재 가상세계구상실현연구실의 거의 모든 인원이 로그 복원 작업과 분류 작업에 동원되고 있어(편집 작업을 해주는 한가람 씨는 인문대 조교입니다) 소멸한 고유 코드를 추적하는 일까지 하기에는 여력이 없습니다. 연산윤회연구소에서 소멸한 고유 코드를 추적할 인력만이라도 보내주신다면 정말 감사할 것 같습니다.

박성미 올림

소멸한 고유 코드 추적 관련

2024.09.30. 오후 12:30

보낸 사람: 차바울 〈notsaul@sams.ins.kr〉

받는 사람: 김지영 〈jg_k@sams.ins.kr〉

가상세계구상실현연구실은 개판이야. 우리랑 연락을 주고받은 박성미 연구원도, 박사과정생도, 학부생 인턴도 평균 퇴근 시간이 오후 8시야. 컴퓨터 좀 하는 사람들만 모였는데도 이렇게 고생하니 원, 재촉은 하지 말아야겠다 싶어. 오늘은 첫날이라 고유 코드 추적에만 집중할 수 있었는데 연구실 상황을 보니까 조만간 나도 로그 분류에 끌

려갈 것 같다.

연구실 사람들이 '세계가 멸망하면 안 된다'고 오해한 덕에, sam4에 이런저런 부가 기능을 추가해 두었어. 우리가 업데이트를 위해 마련한 중간 지점을 몇 차례 버전업 한 모양이야. 그 지점이 직전 메일에서 말한 진원지이고.

오늘 PYAYAN에 접속하니 진원지도 사라졌더라고. 업데이트는 어쨌거나 세계 안에 개입하는 일이야. 진원지는 바다 위 작은 섬으로 구현되었지. 이곳에 넣어둔 인간 무리들에게 바깥세상을 인지하는 능력을 부여하기 위해 그곳에 첫 번째로 생성된 친구를 시스템적으로 해탈시켰잖아?

이후 생성되는 진원지 개체들은 고유 코드 16자리 중 앞 네 자리를 고정시켰지. 고정된 앞자리는 이승과 저승에서 절대 생성되지 않도록 했고. 이런 과정을 거쳐 그 존재들은 특수 개체가 되었어.

PYAYAN 구조상 특수 개체가 '관리자 권한'으로 바깥 세계와 접촉하려면 어떤 형태로든 죽어야 해. 진원지의 개체들은 업데이트 과정을 종교적인 의례로써 실행하고 있었어. 특수 개체 하나를 살해함으로써 그 개체의 관리자 권한으로 바깥 세상의 정보를 받아들이고 새로운 패치를 설치하는 데 협력한 거지. 죽음으로써 관리자 권한을 얻은 개체는 해탈한 개체로도, 죽은 상태로도 카운팅되지 않은 채 세계를 덧씌우는 새로운 레이어가 되어 사라진다는 게 우리 설계였잖아?

여기서부터는 내 가설인데, 나는 이 설계가 각 특수 개체들이 과거에 세계 갱신을 위해 소멸된 특수 개체들과 무엇인가를 공유하게 만든 것 같아. 지금 문제를 일으키는 특수 개체 말고, 또 다른 진원지 개체를 추적해 로그를 뜯어보니, 그 로그가 온전히 그만의 기록이 아니었어. 그들은 소멸된 개체와도 연결되어 있었어.

아마 지금 PYAYAN 세계에서 여러 개체를 해탈시키는 특수 개체는 관리자 권한이 활성화된 상태로 생존한 개체일 거야. 우리가 할 수 있는 일은 다른 진원지 개체들의 기록으로 그 특수 개체의 기억과 기록을 예상하고 목적을 유추하는 것뿐이야.

여기까지는 오늘 오전까지 알아낸 것. 특수 개체는 금방 찾을 테니까 잠시 미뤄두고 이 친구들한테 우리가 원하는 분류 기준을 알려주려고. 점심 맛있게 먹어.^^

차바울

RE: 소멸한 개체 코드 추적 관련

2024.09.30. 오후 04:21

보낸 사람: 김지영 〈jg_k@sams.ins.kr〉

받는 사람: 차바울 〈notsaul@sams.ins.kr〉

땡큐.

당분간은 거기 일 좀 도와줘. 그리고 연구실에서 sam4를 어떻게 개조했는지도 알게 되면 좋겠어. 애초에 프로토타입이라 관리·관찰 맡은 쪽이 유지하기 편하게 개조해도 된다고 했는데 우리 쪽에서 강하게 나올까 봐 일부러 정보를 숨긴다는 느낌이 들어. 무균상태에서 관찰할 거였으면 우리 연구소에서도 해도 되는 건데, 일부러 더 많은 외적 가능성을 만들어보려고 대학원 연구실에 맡긴 거잖아. 다 의도한 일인데 너무 큰 죄책감을 가진 것 같더라고.

맞다, 소장님 중국 출장에서 돌아오셨어. 보고서 읽더니 호탕하게 웃고 끝. 아무 문제 없으니까 PYAYAN만 최대한 복원해 보라고 하셨어. 아, 소장님이 거기 일 완전히 마무리될 때까지 있으래(완전히 마무리될 때까지 → PYAYAN 리셋하는 날까지). 교수님이랑 같이 일하니까 당분간은 대학원생으로 돌아간 느낌이겠네. 치즈돈가스 먹고 싶다. 학부생 때 매일 먹었는데.

거기는 무슨 학식 메뉴가 유명하려나?

지영

분류 방법 알려줬어

2024.10.2. 오후 12:11

보낸 사람: 차바울 〈notsaul@sams.ins.kr〉

받는 사람: 김지영 〈jg_k@sams.ins.kr〉

이제야 시간이 났다.

분류 방식 알려줬더니 박성미 연구원이 경악하더라. 처음부터 다시 해야 한다고. 사고 친 석사과정생 두 명이랑 나랑 점심시간까지 재분류했다. 분류되는 대로 박스에 담아서 연구소에 실어 갈게. 앞으로는 데이터도 좀 정리가 되어서 갈 거야.

그럼 나는 제육볶음 먹으러 이만.^^

차바울

데이터 복원 완료

2024.10.10. 오후 11:45

보낸 사람: Sungmi Park 〈saint-beauty@hanguk.ac.kr〉

받는 사람: 연산윤회연구소 〈tobecontinued@sams.ins.kr〉

안녕하세요, 박성미입니다.

9월 15일 정전 이후부터 9월 20일까지의 데이터를 복원했습니다. 이제 정전 이후부터 현재까지 생성된 모든 데이터와 로그에 접근할 수 있습니다.

차바울 선생님의 도움이 없었다면 훨씬 더 오래 걸렸을 것입니다. 내일 차바울 선생님께서 출근하시면 PYAYAN 세계의 상태를 확인하고 메일 드리겠습니다.

박성미 올림

PYAYAN 상황 보고

2024.10.11. 오후 05:20

보낸 사람: 차바울 〈notsaul@sams.ins.kr〉

받는 사람: 연산윤회연구소 〈tobecontinued@sams.ins.kr〉

공식 보고서는 가상세계구상실현연구실의 박성미 연구원이 보내겠지만, 연구소 전체 메일로 제 감상을 공유합니다.

이번 세계 종말의 근본적인 원인은 끝없이 늘어나는 개체수였습니다. 이는 설계 초기부터 의도한 바였으나, 인간종이 생존에 성공하고, 문명이 시작되면서 큰 장해가 되었습니다.

현대 도시에서 인간의 생활 방식은 많은 생명의 죽음을 기반으로 합니다. 비록 가상세계에서 벌어진 사고였을지라도 인간 문명이 이토록 순식간에, 이토록 수많은 죽음을 만들어내는 현실을 눈앞에서 접해보니 우리가 얼마나 몰지각하게 이 세계를 만들어냈는지 반성하게 됩니다.

새로운 세계에서는 저승의 수용 공간을 유동적으로 조절할 것을 제안합니다. 업데이트하고 싶은 기능과 시도해 보고 싶은 아이디어가 있으면 언제든 제 메일로 공유 부탁드립니다.

오늘로 한 세계를 닫았기 때문에 '종말'이라는 이름을 붙였으나 사실은 PYAYAN의 개체들을 위해 인도적인 선택을 한 것에 불과합니다. 가상세계구상실현연구실에서 세계가 암전된 '치명적인 오류'를 해결하려 노력해 봤으나 전부 실패로 돌아갔고, 모든 생명은 죽음을 유예당해 고통받고 있었습니다.

우리 속을 썩인 특수 개체의 로그를 어제 해독했는데 그중 한 문단을 공유합니다.

[진원지의 인간, 피안의 저승사자, 차안의 인간……. 제가 이

세상에서 마주친 사람들은 모두 무언가를 바라고 있었어요. 바라니까 움직이고, 움직이면서 맞이하는 모든 감정으로 우리는 개성을 갖게 되었어요. 그러니 우리는 수없이 다시 맞이할 세계에서도 슬픈 일에는 슬퍼할 테고 상처에는 괴로워할 테죠. 그래도 우리는 살아가야 합니다. 절망의 밑바닥에서 스스로를 불태워 빛나는 불꽃보다 아름다운 빛이 있다고 믿으며.]

첫 번째 PYAYAN의 개체들이 얻은 불사성에는 불로不老가 빠졌습니다. 상처 입고, 고통받으며 늙어가지만 끝내 죽지 못하는 비극입니다. 존엄사라는 이름으로 산 채로 화장해도 시스템상으로 그 존재는 죽지 않습니다.

시간을 최대한 빨리 돌려 이 세계의 결말을 관찰할 수도 있었겠습니다만, 진원지의 특수 개체가 스스로 세계를 닫았습니다.

저는 이 세계를 살려둔 채로 복구하려 든 우리의 선택이 과연 인도적인 선택이었는지, 컴퓨터 데이터에 불과한 것들에 너무 이입한 나머지 제가 센티멘털한 사람이 된 것인지 이야기 나누고 싶습니다. 그리고 기술적 문제로 미루어두었던 미생물의 구현도 함께 의논하고자 합니다.

의논해야 할 사안은 굉장히 많습니다. 그중 하나를 미리 말씀드리자면 우리는 120주 동안 해탈한 존재를 단 하나밖에 만들지 못했습니다. 그런데 암전된 날부터 세계를 닫는 날까지 소멸한 고유 코드는

312개입니다. 이 소멸은 진원지에서 밀려 나온 특수 개체가 관리자 권한으로 삭제한 것이기 때문에, 이 312개의 고유 코드를 다음 세계에 다시 나타나게 할지, 아니면 몇 번이고 리셋해도 나타나지 않게 할지 의논해야 합니다.

가상세계구상실현연구실에서 10월 30일 저녁을 함께 먹는 게 어떠냐고 물어오더군요. 저녁 식사를 같이하고 싶은 분은 제게 연락 주십시오. 그날 PYAYAN의 첫 리셋이 이루어질 예정이고, 연구실에 쌓인 로그들을 옮길 예정입니다.

더 나은 세계를 만들어도 언젠가 끝은 찾아오겠지만, 하나의 세계를 이렇게 닫으니 기분이 싱숭생숭하군요.

다들 남은 하루 잘 보내십시오.

차바울

최종 보고서입니다

2024.10.22. 오후 09:49

보낸 사람: Sungmi Park ⟨saint-beauty@hanguk.ac.kr⟩

받는 사람: 연산윤회연구소 〈tobecontinued@sams.ins.kr〉

안녕하세요? 박성미입니다.

9월 15일부터 있었던 PYAYAN 내 이상 현상에 대한 보고서를 보내 드립니다.

암전 현상은 PYAYAN 내에서 약 4년여 동안 지속된 것으로 보입니다. 결국 그 오류는 해결하지 못하고 특수 개체에 의해 강제로 세계가 끝났지만, 문제를 해결하는 동안 구체적으로 가상세계를 어떻게 설계하고 운영해야 하는지 배울 수 있었습니다. 몇 번이나 쓰는지 모르겠지만, 정말 큰 실수였는데 관대하게 용서해 주시고, 적극적으로 도와주셔서 감사합니다.

보고서를 쓰면서 많은 인물의 기록을 읽었습니다. 저는 그동안 이승과 저승 간 효율적 윤회에만 신경 쓰느라 한 사람, 한 사람의 기록을 제대로 읽은 적이 없습니다. 제 그릇에 비해 수습해야 할 일이 너무 크고 긴급해 인물별 생애사나 로그는 기계적으로 읽고 기계적으로 분류했는데, 이번 일을 계기로 몇몇 이야기는 깊게 몰입해서 읽기도 했습니다.

암전된 세계를 처음 마주한 인간들은 강도 높은 스트레스 상황에 부닥쳤고 곧 폭력적인 성향을 드러냈습니다. 죽지 않는다는 사실을 이용하여 잔인한 폭력을 휘두르기도 했습니다. 약한 사람을 잔인하게 괴롭히고, 권력을 휘두르고, 복수하고, 결국 과거에 자신이 타도했던 자와 같은 존재가 돼버리고……. 그런 이야기를 가장 많이 읽은 것 같습니다.

소용돌이치던 욕망과 감정은 2년 차에 접어들면서 많이 꺾였습니다. 사람들은 어둠에 적응했어도 죽지 못한다는 사실에 좌절했습니다. 정확하게 말하자면 '죽지 못한다'는 사실을 주변인의 죽음을 통해 실감하기 시작한 것입니다. 그 세계의 사람들은 가망 없는 환자를 '화장'이라는 이름으로 '안락사'시켰습니다. 많은 사람들이 친지를 산 채로 죽였다는 죄책감에 시달렸습니다.

참 무기력해지는 로그들을 많이 읽었습니다만 자신만의 빛을 찾은 몇몇 인물도 있었습니다. 놓았던 붓을 다시 쥐고, 아무 대가 없이 타인을 돕고, 누군가에게 힘이 되고 싶어 노래하다가 과거의 자신을 용서하고……. 절망밖에 남지 않은 세계에서도 기어이 좌절을 떨치고 일어나 한 걸음 내딛는 사람을 보았습니다. 편집을 맡은 한가람 선생님이 제목 붙인 한 개체의 이야기처럼, '컬러풀 루덴스'라는 새로운 인간을 본 것 같습니다.

엄밀히 말하자면 PYAYAN 세계는 끝난 게 아닙니다. 암전된 세상은 버그이기 때문에 긴 시간을 투자하면 고칠 수 있습니다. 그러나 저승이 소멸한 것은 세계 내에서 자연히 이루어진 일, 그것은 우리가 해결할 수 있는 일이 아닙니다. 죽음이 없는 세계에 어떻게 '끝'을 낼지 많은 의논을 해보았으나, sam4는 '죽음'을 기반으로 설계된 소프트웨어로, 죽을 수 없는 세계는 sam4의 설계 의도에 어긋납니다. 차바울 선생님과 의논한 끝에, 죽음이 없는 세계도 하나의 종말로 인정하기로 했습니다. 별개로 암호 해독에 성공한 특수 개체의 로그도 함께 보내드립니다. 그 개체는 자기 로그의 이름을 미리 지정해 두어서, 제목 수정 없이 별첨했습니다.

10월 30일에 회식이 잡혀 있습니다. 그때 연산윤회연구소분들과 더 깊은 이야기를 나누고 싶습니다.

박성미 올림

[첨부파일 1개]

09150920_pyayan.zip

  Py_p0_p787238.txt

  Py_p0_p892124.txt

  확장윤회양분세계.pdf

  컬러풀_루덴스.pdf

  reboot_-f.txt

  가상세계구상실현연구실_첫_종말_보고서.hwp

취미 비전공자

"이 의지박약한 새끼야!"

당사자가 없는 곳에서 힘차게 욕해봤자 달라지는 것은 없다. 그러나 그렇게라도 해야 살아갈 의지를 얻는 사람도 있기 마련이다. 민현재는 살기 위해 '그 사람'을 욕해야 했다.

태양빛이 사라지고 삶에도 어둠이 스며들었지만 지구는 얼어붙지 않았다. 도리어 딱 기분 좋게 선선하거나 따뜻한 나날이 이어졌다. 이 현상에 이름을 붙일 만큼 사람들은 여유로웠다. 백야, 끝나지 않는 낮을 뜻하는 단어가 끝나지 않는 밤을 뜻하는 말로 쓰이기 시작했다.

아이러니하게도 사람들은 일상을 회복하리라는 낙관을 유지하기 위해 최악의 상황을 대비했다. 전 대통령이 생각 없이 방송에서 위치를 불어 폐쇄됐던 비밀 벙커에 서버를 놓아 시스템을 구축해 나갔고, 간편식을 대량생산할 수 있는 공장도 섭외했다. 전기와 수도 공급망도 검토했고, 우선 순위를 매겼다.

"씨발, GG 치고 도망갈 거면 나대지를 말았어야지."

민현재는 회사가 이렇게까지 대책 없는 곳인지 몰랐다. 그가 입사한 곳은 2년도 안 쓰고 내보낼 계약직에 수습 기간까지 두었다. 돈을 아낄 수 있다면 인턴도 사수 하나 붙여 비밀 벙커에 보내고도 남을 곳이었다. 그는 '암흑기 장기화에 대비한 국가기관 통합 포털 개발 계획'을 위탁받은 회사가 또다시 하청을 준 작은 회사의 계약직 인턴이었다.

국가포털은 재난 상황에 필요한 모든 재화를 전산으로 관리하기 위해 시작된 사업이었다. 쉬지 않고 일만 해도 일정이 빡빡했고 일손은 부족했다. 폐쇄된 공간에서 지내는 날이 길어질수록 사람들은 예민하고 사나운 짐승으로 변해갔다. 결국 그 피해는 공무원도 아니고, 원청업체의 정규직도 아니었으며, 하청업체의 정규직도 아니었던 민현재가 고스란히 떠안아야 했다.

국가포털 프로젝트가 시작된 지 1년 2개월 만에 민현재는 서버실 인턴과 정형외과 의사와 더불어 벙커에 남은 최후의 3인이 되었다.

회사 사람들과의 연락도 한 올씩 툭툭 끊겼다. 누군가는 메신저에 긴 작별 인사를 쓰고 사라지고, 일하다가 무심결에 단체 채팅방을 보면 또 다른 누군가가 사라져 있었다.

"네 욕하는 소리를 알람으로 써도 되겠다."

"생각날 때마다 열받는 걸 어떡해요."

양치질을 하며 만난 남자는 이 벙커의 유일한 의사인 박혁수였다. 그는 벙커에서 기초 의료를 지원하는 사람이었는데, 요즘에는 안내 방송으로 '바른 자세!' 혹은 '스트레칭 시간!'을 외쳐, 민현재와 서버실 인턴의 디스크 예방에 힘쓰는 중이었다.

"너, 잠깐만."

박혁수는 주머니에서 핸드폰을 꺼내 민현재를 찍었다. 액정 안에 갇힌 민현재는 안으로 말린 어깨와 구부정한 거북목 때문에 더 볼품없어 보였다.

"우리 이제 죽지도 못하는데 목하고 허리 디스크 터지면 손쓸 방법도 없다. 좀 쉬지 그러냐?"

이 세계는 유례없는 이중고에 시달리는 중이다.

하나는 지구가 태양이 닿지 않는 무저갱이 된 것이고 다른 하나는 사람들이 죽지도 못하게 된 것이다. 민현재는 우울과 동행하는 법은 제법 익혔으나 아직 죽지 못하는 슬픔은 알지 못했다. 그것은 감정보다는 감각의 영역에서 먼저 다가왔다. 디스크가 터진 고통을 그대로 느끼면서 계속 살아야 하는 인생 정도는 상상할 수 있었다.

"아, 디스크 수술하려고 외과의사 된 거 아닙니까!"

"인마, 터지기 전에 잘해! 뒤지지도 못하는데 뒤지게 아픈 병이 디스크니까!"

"어떻게 30분에 한 번씩 스트레칭을 하냐고!"

"터지고 나면 늦는다."

"내 허리 내가 알아서 한다니깐!"

그는 박혁수에게 소리를 빽 지르고 방으로 돌아가 옷을 갈아입었다.

민현재가 옷을 갈아입는 동안 벙커가 진동했다. 지진은 한 달에 한두 번 일어나던 일이라 새삼스러운 현상은 아니었다. 여기는 정부의 벙커니까 이 정도 지진에 무너질 곳도 아니었다. 민현재는 옷을 마저 갈아입었다. 일하기 전에 옷을 갈아입는 의식은 그가 반드시 지키려는 규칙이었다.

선배와 공무원들이 떠난 후에는 잠옷만 입고 일했었다. 옷 한 벌로 마음이 흐트러질 줄 몰랐다. 일하는 공간과 쉬는 공간이 섞이니 일하는 데 집중하기 어려웠고, 온전히 쉬기도 어려웠다. 그렇게 한번 수렁에 빠져본 이후로 업무 시간이 되면 반드시 옷을 갈아입었다.

오늘도 마찬가지로 일할 때 입는 옷을 걸쳤다. 마지막까지 남아 있던 심리상담사가 담배 한 대 피우겠다고 말하고 영영 돌아오지 않은 날에도 민현재는 이 옷을 입고 키보드를 두드렸다. 그날, 최후의 3인에 들어선 박혁수가 그에게 왜 도망가지 않고 계속 일하냐고 물어보았다.

그 질문에 민현재는 놀란 눈빛으로 대답했다.

"도망……가도 되는 거였어요?"

도망 자체를 상상도 못 한 것처럼 되묻는 바람에 민현재는 일중독자 중에서도 제일 멍청한 일중독자로 통하게 되었다.

청소년기에는 몸에 열이 끓어도 등교하는 게 당연했다. 대학생 때는 폭우로 역이 침수되어도 그 물을 헤쳐서 출석해야 하는 줄 알았다. 민현재는 멈추는 방법을, 도망치는 방법을 배우지 못했다.

도망친다는 선택지가 없던 그는 주변에 선배들이 계속 남아 있을 줄 알았다. '이 부분을 이렇게 고치면 어떻겠느냐'고 말하는 대신 '너는 비전공자보다 코드를 못 짠다'고 말하던 선배 프로그래머를 죽이는 상상은 종종 했어도 도망가는 상상은 하지 못했다.

어쨌거나 이 혼란 속에서도 민현재는 직장인이었고, 근무지는 정부의 비밀 벙커였다. 보장된 안전을 포기하고 선배의 악담을 피해 도망갈 수 없었다. 언젠가 저 악담이 부모님 욕으로 번지면 들이받고 나가야겠다는 생각은 했다. 민현재가 그저 인간된 도리로 징징대는 주먹을 잠재우는 사이, 선배는 벙커 안에서도 가장 먼저 도망갔다.

도망간 당일, 그 사람은 회사 메신저로 모두에게 긴 메시지를 보냈다. 민현재는 이런 나약한 인간에게 몇 달 동안 시달렸다는 게 너무 분해 감정을 주체할 수 없었다.

[씨발 여기 안 힘든 사람이 어딨어?????? 인턴 새끼도 버티는데 경력도 있는 새끼가 왜 도망쳐??????? 내 실력이 물인지는 모르겠는데 니 경력은 확실히 물임 ○○○○○○ 씨발롬아 아 씨발ㅋㅋㅋㅋㅋㅋ 야 씨발 어제도 니가 똥 싼 거 닦느라 잠도 못 잤는데ㅋㅋㅋㅋㅋ야ㅋㅋㅋ ㅋㅋㅋ말 좆같이 할 때만 선배일 거면 오늘부터 내가 니 선배 할게 ㅋㅋ 너 진짜 뒤통수 조심해라 니 머리 깨지면 범인 무조건 나임 ○○]

분노에 휩싸여 무슨 말을 하는지도 모르고 뱉어내는 바람에 순도 높은 진심이 담겨버렸다. 다른 것은 몰라도 세상에 아침이 찾아오고, 죽을 수 있게 되면 반드시 그 선배의 뒤통수를 깨고 말겠다는 선언만큼은 진심이었다. 오로지 그 순간을 상상하며 살다 보니 벌써 3년하고도 3개월 차에 접어들었다.

시간이 한참 흐른 뒤에야 어째서 그때 분노와 충동을 억제하기 어려웠는지 알게 되었다. 세계가 어둠으로 뒤덮이면서 많은 사람들이 스트레스를 다루는 일에 어려움을 겪었다. 민현재도 마찬가지였다. 벙커에서의 삶이 길어질수록 감정은 먼지 한 톨에도 쉽게 폭발했다. 그리고 벙커 안에는 먼지가 아주 많았다.

"허리 펴!"

오늘은 안내 방송이 아니라 직접 사무실까지 들어온 박혁수의 외침에 민현재는 둥글게 굽은 허리를 폈다. 요즘은 도통 일에 집중도 안 되고 긴장이 풀려 아무것도 하고 싶지 않았다.

"오늘 간편식 발주는 얼마나 넣으면 돼?"

"옆에 뽑아뒀어요."

"없는데?"

"어라?"

민현재는 매일 디지털 시계가 9시를 가리키면 컴퓨터를 켜고 국가포털 관리자 계정으로 접속한 후 각 주민센터에서 올린 간편식 수량을 표로 정리해서 박혁수가 간편식 공장으로 발주 넣기 편하게 출력해 두었다. 그런데 오늘은 그 종이가 없었다. 심지어 컴퓨터를 부팅하지도 않았다. 아무 일도 하지 않았는데, 그는 일했다고 생각했다. 너무 일만 한 나머지 뇌가 망가진 것이다.

"현재 씨, 쉬어."

"저 할 일 많아요. 아직 남아 있는 사람들하고 일선에서 무슨 현안이 있는지 파악해야 하고, 설문 조사 결과도 추려야 하고, 사용자 데이터도 모아야 하고."

"전문가의 말 좀 들어. 간편식 발주는 내가 알아서 넣을 테니까 걱정하지 말고."

"아니, 그거 말고도 할 게 많다니까요."

"그래! 할 거 더럽게 많아! 그러니까 더더욱 맨정신으로 일해야지! 나가! 사흘이든 보름이든 쉬고 와!"

민현재는 덩그러니 문 앞에 남겨졌다. 일하지 않으면 마냥 좋을 것 같았는데 정작 일하지 않는 시간에는 무엇을 해야 하는지 알지 못했다. 민현재는 취미 없는 사람이었다.

떠올려 보자, 백야 이전에 나는 무엇을 했는가. 노는 시간에 무엇을 했는가.

청소년기에는 메신저로 친구들과 수다 떨고, 동영상 스트리밍 사이트의 추천 영상을 보다가, 외출이라도 하면 SNS에 예쁘게 나온 사진을 올렸다. 그때는 웃음이 많은 친구들과 함께 언제 어디서든 먹고 싶었던 음식도, 처음 보는 음식도 맛볼 수 있었다.

대학생이 되면서 공부와 일, 일과 휴식의 경계가 옅어졌다. 전공 과제는 언제나 벅찼고, 교양 수업의 학점 경쟁은 치열했다. 민현재는 우수한 학생이 되고 싶었지만 아무리 노력해도 제자리걸음이었다. 휴식은 잠과 동의어가 되어갔다.

슬슬 취업을 준비해야 하는 졸업반이 되자 4차 산업이니 뭐니 하면서 개발자 수요가 늘어날 것이라고 했다. 설핏 달콤하게 들린 그 말은 컴퓨터공학 전공자가 취업하기 쉬울 거라는 뜻이 아니라, 온갖 배경을 가진 사람들이 몰려와 그들과도 경쟁해야 한다는 의미였다. 경쟁을 뚫고 취직을 해도 회사에는 늘 일이 많았고, 개발자는 언제나 공부해야 했다. 휴식은 곧 수면이었고, 아이스 아메리카노를 마시는 순간이었고, 서랍에서 초콜릿을 꺼내 먹는 일에 불과했다.

아아, 일을 하지 않으니 쓸데없는 생각이 많아진다. 쉬는 것은 무엇일까. 이 벙커에서 그 답을 알 수 있는 곳은 한 곳뿐이다.

민현재는 벙커의 서버실로 갔다.

벙커 최하층에는 서버실이 있다. 그곳은 서버 기기들이 과열되어 고장 나는 것을 막기 위해 냉방을 가장 세게 가동하는 장소였다. 한창 사람이 복작거렸을 때에도 서버실 사람들은 얇은 카디건을 걸치고도 춥다며 담요까지 걸치고 돌아다녔다.

"최윤경!"

최윤경은 시스템 엔지니어라는 거창한 호칭보다는 '서버실 개'로 통했다. 그는 원청회사의 인턴이었는데, 주된 업무는 선배들 음료수 셔틀이었다. 마침내 서버실 선배들이 전부 도망갔을 때, 최윤경이 가장 먼저 한 일은 풍족한 전기를 이용해 아지트를 꾸미는 일이었다.

"왜?"

한참 후에야 아지트 문이 열렸다. 일시정지된 드라마 화면이 보였다.

"밤새웠어?"

"어……. 지금 무슨 요일임?"

"목요일."

"미쳤나 봄, 나 토요일부터 씻지도 않고 이게 뭐임!"

윤경은 유난스럽게 목욕 바구니와 갈아입을 옷을 들고 방을 튀어나갔다. 그는 한참 후에 젖은 머리에 수건을 두르고 나타났다.

"무슨 일임? 서버에 문제 생김?"

최윤경은 서버실 사람들이 모두 떠나고 혼자 지내는 시간이 길어지면서 말투가 이상해졌다.

"문제가 생긴 건 아니고……. 나 쫓겨났어."

"쫓겨남? 누구한테? 박혁수 선생님?"

현재는 윤경이 잘 꾸며둔 방으로 들어와 편한 소파에 몸을 묻은 채, 위층에서 있었던 일을 설명했다.

"쫓겨날 만했음."

"네가 봐도 내가 일중독자 같아?"

"응. 너 일중독자임."

"그냥 해야 할 일을 하는 건데?"

"해야 할 일 빼면 네 인생에 남는 거 있음? 안 남으면 일중독 맞음."

"해야 할 일은 해야지……."

"너 취미 없냐?"

어째서인지 그 말은 '너 친구 없냐'는 물음과 비슷한 데미지를 주었다.

"음악 정도는 듣는데."

"의사 선생님이 집에서 음반 가지고 와서 노동요로 틀어놓는 거 말고. 좋아하는 가수나 그룹 있음? 좋아하는 노래는? 콘서트나 공연장, 소극장 가본 적 있음?"

"나도 그 정도는 했었어!"

"그 노래를 최근에 다시 들어본 적은? 마지막으로 네가 듣고 싶은 음악 들은 적이 언제임?"

음원 사이트도 폐쇄된 마당에 좋아하는 노래를 언제 들어봤냐니. 억울한 마음을 누르고 기억을 떠올려보았다. 사이트 폐쇄되기 전에도 딱히 음악을 찾아 들은 기억이 없다.

"너는 그런 것까지 기억해?"

"좋아하는 게 진짜 없는 거임? 수공예를 한다든지, 그림을 그린다든지. 하다못해 사진을 찍거나 일상을 기록하는 것도 안 함?"

"응……."

"너 게임도 안 했음? 컴공과에서 애들하고 어울리려면 한 번씩은 하잖음?"

"나 FPS 잘했어! 에임 좋다고 애들이 칭찬해 줬는데 핵 썼다고 신고당해서 영정 먹은 이후로 못 했지."

"그럼 이 게임을 추천함."

윤경은 콘솔게임기를 모니터에 연결했다.

"그건 또 어디서 구했어?"

"그 선생님 아들이 썼던 거임. 이 컴퓨터도, 모니터도, 게임 타이틀도 다 가져다주심."

"아……."

아무래도 좁은 벙커에서 3년 넘게 지내다 보면 알고 싶지 않아도 알게 되는 사정들이 있기 마련이다.

박혁수는 아들의 교육을 위해 아내와 아들을 미국으로 보낸 기러기아빠였는데, 이 시국이 되고 나서는 연락이 끊겼다. 낙관이 끝에 도달하자 그는 어둠을 헤쳐 집에서 물건들을 챙겨 왔다.

"재해로 고립된 마을에 투입된 특공대가 되어서 마을의 비밀을 파헤치는 게임임."

"게임해도 돼?"

"너 어차피 쫓겨났다며? 이거 자막 지원도 해줌."

마지못해 컨트롤러를 잡고 게임을 시작해 보았다. 비디오 게임은 처음이었지만 윤경이 쉬운 난이도로 맞춰준 덕에 천천히 적응해 나갈 수 있었다. 총을 쓰든 칼을 쓰든 미쳐버린 사람들 사이에서 살아남는 게 목적인 게임이었다.

"나 지금 제대로 하고 있는 거 맞아?"

"너를 게임으로 이끌어줄 친구가 있었다면 진작에 넌 프로가 됐을 거임……."

컨트롤러 조작이 어색하다는 말과 쐈다 하면 치명타를 날리는 행동을 어떻게 일치시킬 것인가. 첫 플레이에 핵유저로 오해받고 영구 정지 당했다는 말이 거짓말은 아니었던 모양이다.

"그런데 나는 왜 게임을 하고 있는 거지?"

"너는 가끔 아무 의미도, 가치도 없는 일을 하면서 시간을 보낼 필요가 있음."

"그러니까 그게 무슨 의미가 있냐니까?"

"그 말을 안 하게 하는 의미는 있음."

민현재는 일시정지 하는 법을 몰라 일단 한 번 죽었다. 캐릭터는 안전한 장소에서 부활했다.

"취미는 이제부터 만들면 됨. 우리 시간 많고 여기 놀 거

많음. 조바심 엑스."

"요즘 마음이 텅 빈 느낌이야."

게임을 하니 문제가 또렷하게 보였다. 죽어도 죽어도 되살아나는 필립 포트너 중위나, 이렇게나 열심히 일해도 죽지 않는 자신이나 처지는 비슷했다. 생을 마감하지 못한다는 점에서 포트너 중위와 민현재는 닮았다.

포트너 중위에게는 소중한 존재가 있었다. 우선 불시착하며 흩어진 팀원들이 있었고, 돌봐야 하는 딸과 아내가 있었다. 그래서 그는 전우를 구하기 위해서라면 괴물을 살해할수도, 마을 밖으로 살아서 나갈 수 있다면 마을 가장 깊은 곳에서 벌어진 진실을 마주할 용기도 있었다. 하지만 민현재에게는 그런 게 없었다. 박혁수는 가족을 만나고 싶다는 희망으로 버텼다. 최윤경은 게임과 드라마, 영화에 빠져 길고무력한 시간을 견뎠다.

"마음이 텅 비었다……. 맞음. 너 요즘 힘 빠졌음."

"정말?"

"소음 해결하고 사람이 탈진함."

백야 초기부터 벙커에서 근무하던 사람들은 무시무시한 불협화음에 시달렸다. 아무리 노력해도 멜로디로 들리지 않는 안타까운 실력 때문에 사람들은 노이로제에 걸려 야반도주를 택했다. 지금 남은 세 명은 그 소리를 견딜 정도로 무던

하거나, 노이즈캔슬링 헤드폰이 있거나, 아예 들리지 않는 곳에 있었던 사람들이다.

3년째 들려오는 그 소리는 음악이 귀해진 이 시대에도 듣고 싶지 않은 소리였다. 키보드는 잊을 만하면 틀렸고, 도대체 꽹과리 소리는 왜 들리는지. 박혁수의 평으로는 그나마 기타가 들을 만하다고 했는데, 그마저도 저 악다구니에 묻혀 제대로 들리지 않았다. 민현재는 그 소음 때문에 셀 수 없이 많은 밤을 지새우다가 결국 임계점을 넘기고 말았다. 그는 손에 피를 묻혀서라도 조용한 밤을 쟁취하겠다는 마음을 먹고 벙커 밖으로 나갔다.

그 녀석들은 고작해야 중학생으로 보이는 어린애들이었다. 벙커로 흘러드는 전기를 어떻게 훔쳤는지는 몰라도 조명까지 꾸며놔, 제법 밴드 공연처럼 보이기는 했다. 뼈가 뒤틀리고 앙상한 아이들을 보니 민현재도 끓어오르던 살의가 식었다.

"너희들, 도대체 여기서 뭐 하는 거야?"

그날 밤에도 땅이 흔들렸다. 엉망진창 밴드가 만들어놓은 조명이 흔들리면서 그림자가 서로 얽혔다.

"밴드요."

"밴드?"

그 녀석들은 주변에서, 학교에서 슬쩍해 오기 좋은 악기

들을 모아두고 호흡을 맞추고 있었다.

"왜? 도대체 왜 밴드를 하는 거야? 기타하고 키보드 빼고는 악기 배운 적도 없잖아!"

그간 소음에 묻혀서 잘 들리지 않았던 리코더 소리가 피이 하고 들렸다. 민현재는 다시 악기들을 보았다. 키보드, 기타, 북과 꽹과리, 리코더, 오카리나, 핸드벨까지 있었다. 이토록 평범한 악기들이 벙커의 파멸을 불러왔다니 믿고 싶지 않았다.

개중에는 심지어 태블릿PC로 그림을 그리는 아이도 있었다. 조만간 이 동네의 기운 남아도는 애들은 모두 이곳에 모일 게 분명했다.

"심심해서 하는 건데요. 못하는 게 무슨 상관이에요. 학교도 못 가고 집안 분위기 꼬라박은 애들 모여서 노는데. 일부러 여기까지 와서 하는데 그동안 뭐라고 한 사람 아줌마가 처음이거든요."

리더 격으로 보이는 기타리스트가 쏘아댔다. 이 아이들을 본 민현재는 화를 낼 수 없었다. 그뿐만 아니라 이 고막 파괴 밴드를 해산시킬 수도 없었다. 어떻게든 암울한 시대를 이겨내려는 아이들에게 자신이 무엇을 할 수 있단 말인가.

"나, 너희들이 전기 훔쳐 쓰는 곳에서 왔다."

"아."

키보드 치는 녀석이 가장 먼저 분위기를 파악했고, 나머지도 기세가 사그라들었다.

"너희들한테 전기세 청구하러 온 건 아니고."

민현재는 디지털 시계를 꺼냈다.

"너희들, 시계 볼 줄 알지? 지금 몇 시야."

"23시 27분이요."

"그렇지? 악기 연주하기에는 조금 늦은 시간이지?"

"네……."

"딱 이 시계대로만 연주하자, 응? 저녁 11시부터 아침 9시까지는 잠 좀 자자, 응? 어려운 거 아니지? 응?"

아마 그때 자기 얼굴을 거울에 비추었더라면 핏발 선 눈동자로 '응?'이라고 할 때마다 얼굴을 들이대는 미친 여자를 보았을지도 모른다고, 민현재는 뒤늦게 생각했다.

꼬맹이들은 오늘 연주는 텄다며 악기를 그 자리에 두고 작은 공연장을 떠났다. 적막 속에서 방울 소리가 들려와 민현재는 화들짝 놀랐다.

"아쉽다. 재밌게 듣고 있었는데."

"저 소리 때문에 잠 설쳐본 적 없죠? 일도 많은데 몇 달 동안 잠도 제대로 못 잤거든요?"

자기도 모르게 말이 사납게 나와 민현재는 입을 화급히 다물었다.

"일이요?"

어둠 속에서 나타난 여자는 시대에 어울리지 않는 화려한 차림새에다가 기다란 지팡이까지 들고 있었다. 그 지팡이에는 방울이 여러 개 달려 있어, 걸을 때마다 짤랑이는 소리를 냈다.

"얘네, 며칠이나 보고 있었어요?"

"사흘쯤 됐나?"

"왜 안 말렸어요?"

"재밌어 보였거든요."

재밌어 보인다는 말에는 동의했다. 민현재는 엉망진창인 자신을 잘 견디지 못해서 무엇인가를 제대로 배워본 적 없었다. 그래서 취미가 없는 사람이 된 것일지도 모른다. 못하는 것과 즐거운 마음은 상관없는 건데도.

"떠돌아다니는 분이세요?"

"돌아갈 곳을 찾고 있어요. 이곳에서 굉장한 소음이 들려서 찾아왔는데 그만 며칠 눌러앉아 버렸네요."

여자는 간편식 포장재를 질겅질겅 씹고 있었다.

"지하에서 올라오시던데…… 혹시 이거, 어디서 만드는지 아시나요?"

여자의 말투에서 차가운 광택이 느껴졌다.

"네."

"다음 목적지는 이거 만드는 공장으로 정했는데요."

이제 와서 공장 주소를 불어도 아무 일도 일어나지 않을 것이다. 그래도 민현재는 일중독자답게 원칙을 어기지 않는 사람이었다.

"아무 주민센터나 가서 그거 싣고 오는 트럭 따라가세요. 그러면 알게 되겠죠."

그날을 기점으로 민현재의 분노는 오간 데 없이 사라져 버리고 마음이 허무해졌다. 저 꼬맹이들도 심심하다며 악기 들고 설치는데, 민현재는 심심하고 허전한 마음을 채우는 방법을 알지 못했다.

"친구들, 식사 시간이야."

게임하다 보니 점심시간에 20분이나 늦었다. 박혁수가 내려와서 두 사람을 데리고 올라갔다. 국가포털팀의 식사라고 해봐야 두유 맛 간편식이 전부였다.

"새로운 맛 개발은 잘되고 있대요?"

"너는 일주일 동안 일하지 마. 일 생각도 하지 마."

"제가 현재한테 게임 알려줌. 얘 게임 엄청 잘함요."

"게임이든 뭐든 얘 좀 쉬게 해. 오늘은 모니터도 안 켜놓고 나한테 발주 뽑아놨다고 했다니까?"

"와, 그 정도면 게임하고 있을 때가 아니라 상담 치료 같은 거 받아야 하지 않음? 게임도 하지 말고 쉬어야 할 것 같은데."

"우리 상담 선생님은 담배 한 대 피우고 오겠다면서 영영 안 돌아오잖아."

"나 괜찮다니까?"

"현재는 취미 없냐?"

"……없는데요."

"책은 읽고?"

"안 읽어요."

"너 벙커에 갇히기 전에는 대체 뭐 하고 산 거야?"

박혁수에게도 비슷한 말을 들으니 민현재도 슬슬 문제의식이 생긴 모양이었다.

"선생님은 취미로 뭐 하는데요?"

"나는 책 읽어. 시립 도서관까지 가서 책 빌려 오잖아. 반납도 제때 해."

"아직까지 일하는 사서가 있어요?"

"본 적은 없는데 갈 때마다 미묘하게 정리되어 있어."

"선생님 말고 도서관에 다니는 사람이 있다고요?"

"아마도? 집어 가기만 하는 사람도 있지만, 가져다놓는 사람도 있고, 책을 정리해 놓는 사람도 있어. 피곤하게 사는 사람들이지."

최윤경은 한 방울도 남기지 않은 간편식 팩을 식탁 위에 놓았다.

"세상에 성실한 사람 너무 많음요."

"탄생은 희망이고 죽음은 축복이지. 그러나 삶은 고통이야. 희망도 축복도 사라진 세계에 고통만 남은 거야. 지금쯤이면 어떤 사람이어도 그 고통을 뼈저리게 이해했을 거고. 어떻게 살아나갈지 정해야 하는 순간이 찾아왔을 테지."

"저희 이과생이라 그런 말 하면 바로 이해 못 해요."

"나도 이과생인데? 의대생이었는데?"

"아우, 얄미워."

세상에 고통이 이렇게나 흘러넘친다. 국가포털 관리자 일을 하다 보면 알고 싶지 않아도 알게 된다. 아직도 현장에 남은 공무원들이 있고, 어떤 주민센터에서는 공무원이 아닌 사람이 행정을 보기도 한다. 사실 국가포털의 일을 단둘이할 수 있고, 서버 관리 인원이 한 명으로 충분한 까닭은 연락이 닿지 않는 주민센터가 훨씬 많기 때문이다.

"죽지 못하기 때문에 삶의 방향을 정해야 한다……."

민현재는 답 없는 문제를 생각하는 게 싫어서 이과로 진학했고 컴퓨터공학과를 선택했다. 수강 신청에서 밀려서 억지로 신청한 교양 수업에서 소설을 쓴 적 있다. 열심히 노력했지만 C+를 받았다. 상상하고 표현하는 행위는 재미도 없고 적성에도 맞지 않았다.

"모두 똑같은 일로 고통받으면 그것은 고통이 아니라 일상이 되니까."

"그 말에는 별로 동의 안 함."

"왜?"

"저는 학생 때 공부를 잘했음. 수학은 항상 만점이었는데, 어느 날 문제를 잘못 봐서 배점 높은 문제를 틀렸음."

"너, 설마 다들 죽 쑨 시험에서 하나 틀렸다고 울었냐?"

"청소년기에는 세상에 나밖에 없고, 내 문제가 가장 큼. 아니, 울었어도 그게 따돌림받을 이유임?"

자기도 모르게 그 시절 기억이 불쑥 올라온 윤경의 목소리가 높아졌다가 다시 차분해졌다.

"나는 한 개 틀린 걸로도 억울해서 눈물이 흐르는데, 어떤 애들은 수학 20점 받고 개운한 표정으로 하교함. 같은 상황에 처해도 사람이 느끼는 고통은 모두 다름. 살아온 배경에, 타고난 기질에, 이겨내려는 의지에 따라 고통의 강도는 달라짐요."

"네 말도 일리가 있다. 내가 너무 도식화해서 생각했네."

민현재는 더 이상 나올 것도 없는 간편식 팩을 빨아들이고 있었다. 이 고통에 무슨 의미가 있을까. 있다고 한들, 그것을 찾으면 나아지는 게 있을까. 민현재는 고통에서 의미를 찾으려는 사람이 아니었다. 그는 지금 당장 이 고통을 줄

이고 싶었다.

"설문 결과를 보면 사람들이 이제 간편식이나 영양제보다는 문화생활을 원하더라고요."

"일 이야기 하지 말자니까……."

"저는 의미는 모르겠고, 그 아이들처럼 뭐라도 하고 싶어요. 악기 연주를 못해도 밴드 만들어서 노는 아이들처럼."

"이 벙커, 스튜디오가 있긴 해. 조명하고 카메라도 있고. 쓰려고 하면 못 쓸 것도 없을걸?"

배부르지 않은 식사도 이제는 익숙하다. 윤경과 현재는 빈 간편식 용기를 처리하고 스튜디오로 향했다. 박혁수는 벙커를 청소하는 게 취미가 되어서, 쓰지 않는 방도 언제나 말끔하게 치워두었다.

"생각보다 본격적인데."

민현재에게는 당장 쌓여 있는 국가포털 일이, 최윤경에게는 아직 클리어 못 한 게임 타이틀과 정주행을 마치지 못한 드라마와 애니메이션, 영화가 너무나도 많았다. 둘 다 이곳에 올 일이 없기도 했지만 굳이 이곳저곳을 찾아다니는 사람도 아닌지라 박혁수가 말한 '스튜디오'가 구체적으로 어느 정도인지는 잘 알지 못했다.

"라디오 스튜디오도 있고, 저기는 뭐임? 뉴스룸임?"

공간은 세 곳으로 나뉘어져 있었다. 대여섯 명이 앉아 대화를 나눌 수 있는 라디오 스튜디오, 뉴스룸 세트, 마지막으로 영상과 음성을 편집할 수 있는 편집실이었다.

"아마 대통령이나 장관 정도 되는 사람이 긴급 성명 발표하려고 만든 것 같아."

"편집실, 감동."

편집실의 기기들은 지금을 기준으로 해도 고사양이었다. 기계라면 사족을 못 쓰는 두 컴퓨터공학도는 영상 편집용 컴퓨터의 전원을 켜보았다. 멀쩡하게 켜지자 두 사람 모두 환호성을 질렀다.

"영상 프로그램이 기본으로 깔려 있어! 작곡 프로그램도 같이 있네. 큰돈 주고 샀나 보다. 어우, 이게 다 얼마야."

벙커에서 일하던 사람은 굉장히 많았고, 벙커는 업무가 다르면 마주칠 일이 없을 정도로 넓었다. 미디어팀은 업무와 생활 공간이 겹치지 않는 팀 중 하나였기에 두 사람은 이 모든 광경이 낯설었다. 그 사람들이 엄청난 것을 만들어내지는 못했어도 남겨두고 간 컴퓨터와 암호, 그리고 인증된 소프트웨어로 무엇이라도 만들어볼 수 있다.

"기기들은 다 작동함."

"우리 창고 뒤져보자. 키보드 같은 게 있으면 피아노 연주하는 장면도 찍을 수 있을지 몰라."

"너 진짜 안 쉴 거임?"

"……쉬어야지. 그런데 계속 쉬고 싶지는 않아."

"계속 일하고 싶으면 적당히 쉬는 연습 필요함. 우리는 시간 아주 많음. 새로운 것을 익히는 일을 두려워하면 안 됨. 휴식도 민현재, 네가 익혀야 할 일임."

두 사람은 그다지 친하지 않았다. 민현재는 기억력이 비상하다던 서버팀 신입을 부러워했고, 최윤경은 사수가 일을 알려주는 개발팀 신입을 질투했다. 오해는 선배들이 모두 도망가서 두 사람이 직접 얼굴을 마주해야 할 일이 늘어나면서 풀렸다. 오해가 풀렸더라도 궁합이 잘 맞는 건 아니었다. 전공과 근무지만 같을 뿐, 민현재는 지극히 현실 속에서 사는 인간이었고 최윤경은 공상 속에서 사는 사람이었으니까.

"이 일은 꼭 하고 싶어."

"넌 이미 하고 있는 일이 많음. 너무 많아서 의사 선생님이 도와줄 정도잖음."

"나, 얼마 전에 이 위에서 악기 연주하던 애들 봤잖아. 그때는 아무 생각 없었는데 오늘 취미 이야기 나오니까 갑자기 걔네가 생각났어."

"걔네 어땠음?"

"나는 취미가 없잖아. 음악도 안 듣고, 그림도 안 그리고, 사실 아직도 왜 굳이 시간 내서 그런 무용한 일들을 해야 하는지 모르겠거든."

그 아이들의 에너지는 그들만의 것이 아니었다. 어떻게든 화음을 맞추려는 의지가 파동처럼 퍼지며 주변에 영향을 주었다. 그저 주어진 것을, 그중에서도 많은 사람들이 선택한 것만을 누려온 민현재는 처음으로 무엇도 '그저 주어진 것'이 아님을 그 아이들을 보면서 깨달았다.

"걔네들이 시간 대중 없이 엉망인 연주로 소음을 유발했다고만 생각했는데, 아까 박혁수 선생님 말 듣고 여기 와서 보니까 내가 그나마 즐기던 일들은 모두 그런 애들이 있어야 가능했던 거더라고. 새드 트로픽스 멤버들이 처음 악기 잡았을 때 우승할 정도로 잘했겠어?"

그 자식들은 새드 트로픽스도, 강연수 같은 아티스트도 되지는 못할 것이다. 실력 때문이 아니다. 세상이 엉망진창이기 때문이다. 하지만 그놈들은 엉망진창 세계에서 최고의 음악가가 될 수 있다. 어둠과 우울과 무기력에 침잠되는 대신 악기를 들고 화음을 맞춰나가는 녀석들은 이미 프로였다.

"첫 게스트로 강연수 어때?"

"여기 그래도 나름대로 국가 비밀 벙커인데 외부인을 들여도 되나."

"이제 혼낼 사람도 없잖음?"

"그건 그렇네."

식당으로 돌아가니 박혁수가 혼자 프로젝트의 뼈대를 세

워났다. 그도 어지간히 심심했던 모양이다.

"스튜디오 상태 어때?"

"깨끗하고 장비 상태도 좋아요. 소프트웨어도 잘 실행되고요. 그건 뭐예요?"

"너희 기다리는 동안 내가 멋대로 뼈대를 세워봤는데, 한 번 들어봐."

박혁수의 계획은 크게 세 가지였다. 두 개는 스튜디오를 최대한으로 활용하는 것이었고, 나머지 하나는 국가포털에 추가되는 서비스였다.

"백야 문화누리 프로젝트?"

"문화생활을 요구하는 사람들이 많다며? 마침 우리 셋 다 심심하지 않아? 현재도 아무것도 안 하고 쉬는 게 어려우면 새로운 일을 기획해 보자."

"이 많은 예술가들을 무슨 수를 써서 섭외해요?"

그의 아이디어는 이뤄낼 수 있을 것 같은 기묘한 느낌과 벌써부터 숨이 턱 막히는 느낌을 동시에 선사했다. 만화가와 일러스트레이터, 아이돌과 인디 가수, 소설가와 시인, 그리고 좋은 멘토 격인 명사에게 어떻게 모두 연락한단 말인가. 전기가 제대로 들어가지 않는 곳도 많은데.

"섭외할 수 있음."

당연히 욕부터 할 줄 알았던 최윤경이 확언했다.

"서버실에 예술인 복지 기관 서버도 있음. 거기 DB에 접근하면 분야별로 필요한 사람을 뽑을 수도 있고, 연락처도 알 수 있을 거임."

"그 기관에 등록되지 않은 예술인은 못 찾는 거야?"

"영영 못 찾지는 않을 것임요. 서로 알고 지내는 사람이 많으니까, 사정을 잘 설명하면 다들 도와줄 것 같음."

"연락할 수 있는 방법은 찾았으니까, 이제 구체적인 계획을 의논해 보자고."

"인터뷰나 라이브 영상은 감이 잡히는데, 웹툰은 너무 터무니없어요."

웹툰은 민현재가 새로 개발해야 하는 서비스였다. 개발은 어렵지 않았다. 개발 환경에 맞춰 기획을 좀 더 구체화하고, 웹과 앱 환경을 고려하면서 다듬어나가면 된다. 애초에 그런 일 하라고 고용된 사람이 바로 민현재였다. 그러나 민현재는 이야기 전문가가 아니었다.

"한국의 만화가와 일러스트레이터, 비주얼아트 관련자들을 모아 하나의 거대한 이야기를 이끌어나가자? 이게 가능함? 앞서 연재한 사람이 건네주는 게 배턴인지 폭탄인지 모르고 무작정 이야기를 이어나가는 일이 가능함?"

"아니지! 윤경아, 세대 불문하고 가장 익숙하고 긴 원전으로 고르면 이야기 나누기도 쉽고 어필하기도 좋지."

평소보다 강하게 반대한 최윤경도 박혁수의 말에 귀를 기울였다.

"생각한 이야기는 있음요?"

"대하소설 중에 하나 고르면 어때?"

"여덟 권 이상인 책으로 할 거면 차라리 판타지소설 해요."

"판타지소설도 괜찮으면 무협은 어떠냐?"

"……삼국지?"

민현재의 입에서 무심결에 나온 그 단어는 모든 조건을 충족시켰다. 세대 불문하고 익숙하고 긴 이야기면서, 가정마다 삼국지 한 질은 있었다. 없더라도 어디서든 구할 수 있었다. 처음과 끝이 있고 긴 이야기답게 다양한 인물과 욕망이 소용돌이쳤다. 인물들은 때로는 기예를, 때로는 의로운 기개도 보였다. 그것은 대하소설이었고, 판타지였으며 무협이자 대중소설이었다.

"좋다. 삼국지 좋다. 윤경아, 너는 어떻게 생각하냐?"

"작가마다 화풍이 다른데, 인물과 이름을 매칭하는 건 어떻게 함?"

"그거야 뭐 인물 밑에 이름표 하나 달아주면 끝날 일이고."

"오늘은 여기까지만. 프로젝트는 천천히 설계하겠음. 나는 일단 밑으로 내려가서 서버 확인하겠음요. 요청은 국가 포털 메신저로 보내겠음."

"저녁 시간에는 올라와!"

매일 드라마나 보느라 게슴츠레하던 최윤경의 눈빛에 새로운 프로젝트를 해내고 싶다는 야망이 깃들었다. 그 눈빛과 기세는 벙커 위에서 연주하던 아이들과 비슷했다.

최윤경은 스트레칭을 하며 서버실로 내려갔다. 민현재는 식당에 앉아 빈 종이에 개발 방향을 적어나갔다. 정작 일을 저질러놓은 박혁수는 추진력이 생기니 낯선 모양이었다.

"선생님, 애들 좋아해요?"

"애들? 좋아하지. 안쓰럽기도 하고."

"만약 이 프로젝트에서 아티스트와 연결되면요, 우리 벙커 위에서 연주하는 애들 초대하고 싶어요."

"초대해. 윤경이가 별말 안 했으면."

민현재가 박혁수를 보았다.

"기밀 지역이라고 반대하실 줄 알았어요."

"보안 담당자가 출입 키를 분실한 채 실종됐고, 아지트를 찾던 음악 깡패들이 이곳을 찾아 들어온 거지. 우리는 그저 그들과 공존을 택한 불쌍한 인질이었다고 둘러대면 돼."

"사실 이렇게 서버 뒤져서 연락하는 것도 나중에 엄청 문제될 일이거든요."

"그런데도 이 일을 진행하겠다고? 나야 의사 면허 있으니 여기서 혼 좀 나도 먹고살 수 있지만⋯⋯."

"저, 윤경이처럼 이 일을 꼭 제대로 진행해 보고 싶어요."

"연예인 보고 싶어?"

"네!"

"좋아하는 연예인 있어?"

힘찬 대답과는 달리, 민현재는 고개를 저었다.

"딱히요? 그래서 한번 가까이에서 보고 싶고, 보여주고 싶어요. 그 사람들의 눈빛을, 그 사람들의 에너지를."

"좋아, 좋아. 현재 씨가 하고 싶은 게 생겨서 정말 다행이야. 그렇지만! 일은 내일부터 해!"

박혁수는 민현재가 끄적이던 종이를 뺏어 갔다. 민현재는 어쩔 수 없이 자기 방으로 들어갔다. 핸드폰에 저장된 음악을 들으며 침대에 누웠다. 오랜만에 가사가 귀에 들어왔다.

시장판 단독 콘서트

좋은 음악은 잊히지 않는다. 강연수는 잊히지 않는 아티스트가 되고 싶었다. 어떻게 해야 그런 사람이 될 수 있는지는 몰랐다. 그날은 너무나도 갑자기 찾아왔다. 마침내 그는 '잊지 못할 아티스트'의 반열에 올랐다. 고작 〈스타 더 K〉의 경연에서 몇 번 이겼다는 하찮은 이유로 말이다.

위대한 가수와 좋은 음악은 잊히지 않는다. 그러나 방송국이 연출한 극한 대결의 장에서 살아남은 노래가 과연 좋은 음악인가, 그곳에서 살아남은 자신은 위대한 가수의 자격을 얻었는가.

한때 전 국민을 열병에 빠뜨린 오디션 프로그램이 있었다. 강연수는 그 프로그램, 〈스타 더 K〉의 준우승자였다. 동생이 몰래 넣은 신청서 때문에 참여하게 된 지역 예선에서는 노래도 대충 불렀다. 그런데도 그의 목소리에 매력을 느낀 심사위원 한 명이 '오토패스'를 사용해 강연수를 본선에 올려보냈다.

지역 예선을 통과한 아티스트들은 적어도 자신보다 더 실력 있는 사람들이었다. 그런데도 그들은 강연수보다 더 간절하게 미션을 수행했다. 그때부터는 강연수도 모든 순간에 진심을, 그간 쌓아온 모든 것을 들이부어야 했다.

강연수가 평생에 걸쳐 가꿀 음악의 씨앗은 오디션 프로그램에서 억지로 싹을 틔웠다. 방송은 그 싹에 강렬한 조명과 기름진 비료를 주었다. 싹은 원래 자라야 할 속도보다 빠르게, 이 이상은 자랄 수 없다고 정해진 한계보다 훨씬 높이 자라났다.

준결승전까지 올라온 다섯 팀 중 최후의 세 팀을 정하는 회차에서 강연수는 유력한 탈락 후보였다. 백일몽에서 깨어나기 전에 그는 앞서 탈락한 모든 사람에게 부끄럽지 않은 무대를 보여야겠다고 다짐했다.

마침내 강연수의 씨앗은 최후의 3인을 결정짓는 경연에서 다시 볼 수 없을 정도로 아름다운 꽃으로 피어났다. 그러나 빠르고 크게 자란 싹이 튼튼함을 보장하지 않듯, 피어난 꽃이 반드시 수정되는 것은 아니다. 화무십일홍이라는 말을 증명이라도 하듯, 꽃은 준결승 무대가 암전되자마자 시들었다. 이제 강연수의 세상에 남은 것은 꽃의 무게를 이기지 못해 꺾인 줄기와 색을 잃은 얇은 꽃잎뿐이다.

〈스타 더 K〉 준우승자, 데뷔곡보다 오디션 준결승에서 편곡해 부른 노래가 더 유명한 가수. 데뷔를 준비하면서 강연수는 자신의 세계를 들여다보았다. 씨앗은 너무 일찍, 너무 크게, 너무 화려한 꽃으로 피어났고, 강연수는 준결승전에서 이 꽃대를 한번 꺾음으로써 자신의 한계를 뛰어넘은 음악을 들려주었다. 그리고 꽃은 수정되지 못한 채 모든 것이 끝나버렸다. 〈스타 더 K〉는 그마저도 불태워 잿더미로 만들었다.

〈스타 더 K〉에서 우승한 밴드 새드 트로픽스도 그 후 3년 만에 해체했다. 그들은 유명해지고 싶어서, 사람들의 열광을 바라서 〈스타 더 K〉에 출전한 밴드였다. 그러나 오디션이 끝나고 새드 트로픽스는 열광을 바라지 않게 되었다. 그들은 강연수와 대결했던 결승 무대와 같은 몰입을 원하게 되었다. 〈스타 더 K〉가 끝난 지 3년이 지났다. 우승자도 준우승자도 음악을 포기했을 무렵, 태양이 꺼졌다.

"미쳤냐? 담배 한 개비! 한 보루도 아니고 한 갑도 아니고 고작 한 개비에 간편식 아홉 팩을 내놓으라고? 인마, 배고프면 배고프다고 말을 해!"

그로부터 긴 시간이 지났다. 사람들은 이제 절망에도 스펙트럼이 있다는 것을 안다. 절망 속에서도 계속 삶을 이어가야 한다는 사실도. 죽지 못하는 삶을 이어가려면 간편식뿐 아니라 담배 한 개비도 있어야 한다는 사실마저 안다.

"담배 피우고 싶은 건 아저씨지 내가 아니거든?"

그리고 강연수는 삶에서 담배 한 개비가 어떤 의미를 가지는지 아는 사람이었다.

"인마! 아홉 팩은 너무하잖아!"

"뭐가 너무해? 부족하면 주민센터 가서 받아 오면 되잖아? 아저씨, 공무원하고 사이 안 좋아?"

강연수는 백야를 보고도 믿지 않았다. 차에 치인 고양이가 다음 날까지 꿈틀거리는 모습을 봤을 때, 삶에서 빼앗긴 것은 빛뿐만이 아니라고 어렴풋이 느꼈다. 새드 트로픽스의 보컬이었던 윤손찬이 자살에 실패해서 예전 목소리를 잃었다는 소식을 들었을 때, 이제부터는 살아가는 수밖에 없다고 체념했다.

죽음을 향한 동경을 포기하자 매서울 정도로 삶을 향한 의지가 솟아올랐다. 왜 살아야 하는지 묻지 않았다. 어떻게 살아야 하는지도 고민하지 않았다. 살 수밖에 없으니까 살아야 했다.

"씨팔, 담배 한 개비에 간편식 아홉 팩이 말이 되냐고?"

"아하! 공무원 양반하고 사이가 안 좋구만!"

강연수의 부모님은 어두운 시장 구석에서 수입 담배를 팔았다. 그 외에도 물 건너온 과자나 향수도 팔았지만 사러 오는 사람도, 단골손님도 딱히 없는 한적한 가게였다. 느닷없이 어둠에 침략당한 첫 2주 동안 사람들은 대형마트나 백화점, 편의점은 털어도 강연수네 가게는 털지 못했다. 시장 깊은 곳에 있던 탓에 공황에 빠진 사람들이 미처 생각해 내지 못했기 때문이다. 그 2주간, 강씨 집안 사람들은 정신을 가다듬을 수 있었다. 창고에 쌓아둔 담배들을 한 개비씩 소분할 시간을 번 것이다.

　수많은 관객 앞에서도 긴장하지 않던 강연수는 누가 손님으로 오든 두려워하는 법이 없었다. 큰 무대일수록 불타오르던 아티스트의 재능은 빠르게 암시장의 카리스마로 변모했다.

　"아저씨, 나는 담배 한 개비를 한 보루 값으로도 팔 수 있어. 그런데 굳이 주민센터에서 공짜로 나누어 주는 간편식을 요구하고 있잖아."

　"인마! 다섯 개도 아니고 아홉 개가 말이 돼? 우리 가족 굶으라는 소리냐?"

　"알 바 아니라니까?"

　"장사 그따위로 하지 말……."

　강연수가 옆에 세워둔 녹슨 일렉기타를 들어 올리자, 남자는 곧 입을 다물었다.

"대가리 터지고 싶어?"

"이, 이, 이 씨발……."

"씨발은 내가 하고 싶은 말이고요."

"공무원이랑 척져서 못 받는 주제에……!"

"우리는 공무원이랑 사이 좋아. 일주일 치 받으면 추가로 못 받는 아저씨와 다르게 고작 아홉 팩에 절절 맬 일은 없어. 요즘 같은 시대에 배부르면 좋으니까 겸사겸사 받는 거야."

담배 한 개비에 세 명이 세 끼를 해결할 수 있는 간편식 아홉 팩을 받는 건 폭리였다. 하지만 강연수는 더 높게 부를 의향도 있었다. 다음 품목을 안정적으로 공급할 수 있을 때까지 버틸 시간이 필요했다.

"씨발……."

"이참에 금연해."

"라이터는 얼마냐?"

"라이터? 미쳤다고 여기서 라이터를 파냐? 눈 돌아간 아저씨가 불 지르면 어쩌려고?"

"미친년……."

남자는 빈 매대를 발로 걷어차고 가게를 떠났다. 요즘 땅이 자주 흔들려 매대에 장식으로 둔 빈 상자도 모두 치워둔 상태였다.

"담배 사러 와서 진상 부릴 기운 있으면 가서 공무원이랑 화해나 하세요!"

그 남자가 나가고 한참 뒤에 남동생이 2층에서 내려왔다.

"누나, 살아 있어?"

"어. 왜 내려왔냐?"

"라디오 챙겨야 해서……. 내 거 충전 다 됐어?"

"어? 충전 다 된 줄 알고 내 핸드폰 충전하고 있었는데."

"누나…… 나 오늘 경비 서는 날인데……."

"너 혼자 서는 것도 아니잖아? 같이 서는 사람하고 들어, 살다 보면 이런 일도 있는 법이야."

지구가 어두워졌어도 세상은 돌아간다. 강연수가 사는 현인3동은 마을 경비대가 구성되어서 각 가정의 전기 사용량을 체크했다. 세탁기 돌릴 정도의 전력은 봐주었지만 눈치 없이 건조기를 돌린다든지, 오븐을 썼다가는 시장 광장에 거꾸로 매달려 매타작을 받아야 했다. 몇 번 본을 보여서 광장에는 죽지 못해 살아가는 사람들이 있었는데, 강연수는 딱히 그들을 동정하지 않았다.

건강한 사람들은 전기가 부족해도 짜증만 날 뿐, 어떻게든 살아갈 수 있다. 하지만 전기가 없으면 살아갈 수 없는 사람도 존재하기 마련이다.

잠깐 즐겁자고 오븐을 돌려 과자를 굽는다거나, 잠깐 편하자고 건조기를 돌리면 누군가의 산소호흡기가 멈췄다. 처음에 끌려 나와 두들겨 맞은 사람은 아무 생각 없이, 마카롱이 먹고 싶어 오븐을 돌린 사람이었다.

그들의 '잠깐'은 동네의 다른 사람을 더 큰 고통 속으로 몰아넣었다. 첫 피해자는 현인시장의 분식집 사장이었다. 전력 과다 사용으로 일대가 정전되며 집에서 모시던 어머니의 산소호흡기가 멈춰버린 것이다. 그 사람은 이튿날, 경비대를 조직하고 대장을 자처했다. 그들이 처음 '본을 보인' 사람은 지금도 광장에 거꾸로 매달려 있다.

"KKB 속보입니다. 정부가 안락사 기준을 검토하겠다고 선언한 지 60일 만에 안락사 기준을 공개했습니다."

"누나, 안락사한다고 진짜 죽을까?"

"기약 없이 병원이나 집에 누워 있는 것보다야 화장해서 가루로 흩어지는 게 낫지 않을까?"

정부가 말하는 안락사는 조력 자살처럼 약물이나 질소를 사용하는 게 아니라 죽어야 하는데 미처 죽지 못한 존재들을 물리적으로 처리하는 것을 의미했다. 정확하게 표현하자면, '살아 있다'고 말하기 어려운 사람이나 동물을 불 속에 산 채로 넣고 유골을 분쇄해 뼛가루로 만드는 행위를 우아하게 '안락사'라고 포장한 것이다.

"너무 잔인하고 슬프잖아. 살아 있는 사람을 어떻게……"

"그렇게 섬세해서 이 험한 세상 어떻게 살아갈래?"

"누나, 진짜 〈스타 더 K〉에서 준우승한 아티스트 맞아?"

"인마, 그것 때문에 내가 지금 산 채로 태우고 싶은 사람이 얼마나 많은 줄 알아? 조건도 개빡빡하네, 태우지도 못하게. 씨발."

그는 산 채로 태우고 싶은 사람이 너무나도 많았다. 모두 〈스타 더 K〉에서 만난 인간들이었다. 그때 느꼈던 모멸감은 어둠 속에서 차분하게 숙성되었고, 지금은 구체적으로 그 인간들을 어떻게 죽이고 싶은지 말할 수 있을 정도다.

"연수 씨, 여기가 어떤 무대야."

"박유연 씨가 1:1 데스매치에서 그렇게 잘하고도 떨어진 걸 보고도 이래?"

"진심을 담아서, 성심성의껏 한 게 고작 이거야?"

어쨌거나 방송이라는 것은 자신의 캐릭터와 캐릭터가 있어야 할 위치를 정확하게 아는 출연자에게 유리하다. 심사위원도 방송을 위해 역할을 수행하는 마당에 한 컷이라도 더 나오려면 참가자도 재빨리 그럴싸한 배역을 연기해야 했다.

예를 들자면 강연수에게 오토패스를 준 심사위원은 사람의 마음을 파먹는 독사 같은 인간이었다. 독살스러운 말을 남기면서도 실력자를 보면 아낌없이 애정을 쏟는 인물, 그것이 그 사람의 배역이었다. 그는 프로그램에 드라마를 더하기 위해 애정을 연기했다. 그 감정은 그 사람에게 존재하지 않는 것이었는데도. 강연수는 어느샌가부터 그를 만족시키려 노래했다. 그 과정에서 강연수는 너무 많은 반짝임을 잃어버렸다.

〈스타 더 K〉는 좋은 음악을 원하지 않았다. 그들은 돈이 되는 음악을 원했다. 돈이 되는 음악을 만들려면 투자가 필요했다. 아마추어들만 모아두고 서바이벌 오디션을 하겠다는 기획에 흔쾌히 협찬한 대기업들, 방송이 끝나면 기다렸다는 듯이 음원을 공개하는 음원 사이트, 전율이 일었던 순간을 영원히 남겨둘 동영상 스트리밍 사이트…… 사람들은 강연수가 방송국에서 만든 무대에서 노래했다고 생각했다. 그러나 그의 '진짜' 무대는 다름 아닌 지폐 위였다. 돈 위에서 더 많은 돈을 끌어올 노래를 부르는 게 그의 역할이었다.

인간은 못 죽어서 안달인데 기계는 질투 날 정도로 쉽게 죽었다. 이제 음악을 들으려면 카세트테이프나 CD가 있어야 했고, 언젠가 다운받아 놓은 음원 파일이 있어야 했다. 아무것도 없으면 라디오만 들어야 했다. 다행히 라디오는 음원 파일보다 재밌었고, 강연수는 침묵 속에서 평온을 느꼈다. 이제 새로운 음악이 소개되는 일은 없을 테지만, 스타를 만들어주겠다며 열정 있는 사람들의 날개를 꺾을 일도 앞으로 일어나지 않을 테니.

"어제 시장 광장에서 싸움 난 거 봤어?"

"아니? 뭐 하러 거기까지 나가? 칼 맞아 뒈질 일 있냐?"

고작 담배 한 개비로 흡연자들에게 쌓아올린 원한은 상상 이상이어서, 강연수는 필요한 게 있으면 남동생이나 부모님을 시키는 편이었다.

"그럼 모르겠네……. 대장 아저씨하고 어떤 여자하고 싸움 났었어."

"너는 어쩌다가 봤냐?"

"나도 군필자라고 경비대에서 일하잖아……. 하는 일이라고는 시장 청소뿐이지만. 뒈지게 맞아서 광장에 누운 사람들 욕창 생기지 않도록 적당할 때 뒤집어 주고 있었어."

"간병하던 분이 대장이 되니까 짬밥이 다르네……."

"그런데 지팡이 들고 다니는 여자가 와서 방금 뒤집힌 분하고 잠깐 이야기하더니 그 사람을 가루로 만들어버렸지 뭐야?"

"너, 마약했냐?"

"아니야! 나하고 대장님이랑 같이 봤어! 아저씨는 엄청 열받아서 뭐 하는 짓이냐고 했는데, 그 여자는 더는 회복할 수 없는 사람을 고통 속에 두느니 죽이는 게 낫다고 받아쳤어!"

현인3동의 처벌은 멍석말이었다. 시장 상인들도 처음에나 '너무 잔인하다'고 머뭇거렸지, 지금은 전기 낭비범을 두들기는 날만을 손꼽아 기다리고 있다. 오락거리가 고작 그것밖에 남지 않은 것이다. 그렇게 당하고 방치된 사람들이 산 자에 가까울지, 죽은 자에 가까울지는 생각할 필요도 없었다.

"경비대장 아저씨…… 비슷한 상황이지 않아?"

"응, 그래서 잠깐 둘이서만 이야기하겠다면서 그 여자를 자기 가게로 데려갔어."

"그다음에는?"

"거기서 무슨 일이 일어났는지는 모르겠어."

"광장에 있던 나머지 사람들은?"

"모르겠는데. 그 여자가 다시 돌아오지는 않았어."

경비대가 구성된 동네에서는 그 동네의 법을 따라야 했다. 그 여자의 의도는 좋았을지언정 경비대장이 잘못됐다고 하면 잘못된 것이다. 아마 그에 대한 처벌은 경비대장의 어머니를 보내드리는 것으로 대신했을 테지. 그것으로 경비대장의 복수심도 누그러졌으면 좋으련만, 그리 쉽고 간단한 문제는 아닐 거다.

"손만 대도 인간을 가루로 만드는 사람이라니……."

"누나도 그렇게 죽고 싶어?"

"나는 그렇게 팔자 좋게 못 죽어, 원한 산 인간이 너무 많아서……."

"그건 그래."

"어쭈?"

"다녀오겠습니다!"

강연수가 기타를 쥐자 남동생은 후다닥 도망가 버렸다. 쿠션에 몸을 기대어 어느 정도 충전된 핸드폰을 확인하자 국가포털 앱에 알림이 떠 있었다. 간편식을 받으려고 가입해 놓았지만 그 외에는 딱히 쓸 일이 없었다. 가끔 새로운 간편식 수요 조사를 하는 정도였지만 강연수가 언제나 선택하는 우유 맛은 아직까지 출시되지 않았다.

지금 강연수 동네의 주민센터도 복무 기간이 한참 지난 사회복무요원과 지긋하게 나이 든 공무원만 남아 동네 살림을 꾸역꾸역 꾸려갔다. 국가포털도 익명의 선의로 운영되고 있는 곳이었다. 모든 사람이 이들처럼 심지가 굳은 것은 아니었고, 어떤 사람에게는 이 어둠이 새로운 곳으로 떠날 기회가 되기도 했다. 굳이 자리를 지키며 가족도 아닌 타인을, 마을을 돌보는 사람들은 멍청이들이었다. 그러나 그 멍청함을, 강연수는 질투했다. 강연수는 도망친 사람이었으며 어둠에 침잠해 서서히 녹아가는 무기력한 인간이었으니까.

이 메일은 포털에 가입하실 때 '예술' 계열 업종에 체크하신 종사자들께 보내는 전체 메일입니다.

안녕하세요, 강연수 님.

국가포털 관리자 민현재입니다.

최근 포털에서 진행했던 국가포털 서비스 개선 여론조사에서 '다양한 문화생활'이 그간 강고히 1·2위를 다투었던 '간편식의 맛 다양성 확보'와 '영양제 확대 지급'을 제치고 1위에 올랐습니다. (여론조사에 대한 자세한 사항은 링크로 대신합니다.)

이에 국가포털에서는 백야 문화누리 프로젝트를 통해 각 분야의 예술가들을 모아 분야별로 프로젝트를 진행하고자 합니다. 강연수 님께서는 '음악' 카테고리에 속하는 예술가로, 저희가 마련한 스테이지에서 노래를 불러주시면, 이 영상을 국가포털의 '십오야(가칭)' 카테고리에 업로드하려고 합니다.

갑작스러운 메일에 궁금한 점이 많으시리라 생각합니다.

국가포털 시스템상 메일 답신은 포털에 등록된 일선 공무원만 가능합니다. 문의 사항이 있으면 언제든 099)◌◎○-◉◎◆◆이나 제 개인 핸드폰 번호인 ○○○-○○○○-○○○○으로 문자 혹은 전화 부탁드립니다.

국가포털 프로젝트 책임자가 저 하나뿐이라 통화 연결이 어려울 수 있습니다. 통화 가능한 시간을 문자로 남겨주시면 그 시간에 전화드리도록 하겠습니다.

어두운 하루에도 평안하시기를 바랍니다.

민현재 드림

　메일을 받고 강연수가 한 행동은 전화 걸기나 문자 남기기가 아니라, 메일을 삭제하고 하루를 이어가는 일이었다.
　강연수는 간간이 모멸감을 느끼는 꿈을 꾸며 일어났다. 시계 기능만 남은 핸드폰은 확인도 제대로 하지 않았다. 강연수의 일상은 자고, 일어나서 간편식을 먹고, 또 자고, 동생을 구박하고, 간편식을 먹고, 자고의 반복이었다. 열흘쯤 지나니 동생이 주민센터에서 간편식을 타 왔다.

"누나."

"왜? 새로운 간편식 나왔어?"

"새로운 맛은 없어. 그런데 누나, 최근에 공무원하고 엮인 일 있어?"

"누나 히키코모리인 거 알고 묻는 말이니?"

"갑자기 공무원이 누나 살아 있냐고, 어디 떠나거나 사라지지 않았냐고 묻더라고?"

"뭐?"

"그래서 멀쩡히 살아 있다고 했지."

조금만 더 일찍 깨달았더라면 얼마나 좋았을까. 이 긴 시간 동안 국가포털을 운영해 온 관리자라면 문자 그대로 미친 인간이다. 한번 세운 목표와 그 목표를 위해 필요한 사람으로 찍혔다면, 심지어 생존이 확인된다면 이 사람은 끝까지 자신을 추적할 것이다.

범죄도, 포기도 나약한 놈들이나 하는 일이다. 이 끝나지 않는 백야에 아직도 자리를 지키며 일하는 사람이야말로 가장 강한 사람이다.

"아…… 큰일 났네."

"우리 모르는 사이에 범죄 저질렀어?"

"공무원한테 찍혔거든."

"찍혀? 방구석에서 공무원한테 찍힐 일이 뭐가 있어."

"……있어, 그게."

국가포털에 들어가서 메일함을 확인했다. 국가포털에서 개인에게 메일을 보내는 일은 거의 없었고, 강연수는 메일함 정리를 거의 안 하는 인간이었다. 휴지통에 그때 삭제한 메일이 그대로 들어 있었다. 강연수는 메일에 적힌 민현재의 개인 핸드폰 번호로 전화했다. 주민센터까지 접촉해서 생존을 확인하는 마당에 숨는 의미도 없었다.

"국가포털 관리자 민현재입니다. 무엇을 도와드릴까요."

사람들에게 남는 건 시간뿐이었다. 일중독자들은 자는 시간만 빼고 전부 일하는 건지, 연결이 너무나도 쉬웠다.

"제가 강연수인데요……."

"아! 메일은 확인한 것으로 나오는데, 답이 한참 없어서 주소지에 거주 중이신지, 여행 중이신지 확인 좀 했습니다."

"거기까지 확인이 가능하나요. 아니, 강연수가 드문 이름도 아닌데, 어떻게 제가 그 강연수인지 알았죠?"

"가입할 때 기입하신 정보로 확인했습니다. 예술 쪽에 체크하면서 예술인패스 등록 번호 입력하셨잖아요?"

"아, 네. 그렇죠. 저도 등록을 했었네요."

오디션에 나가기 전에도 강연수는 음악을 했었다. 한 달음원 수익은 치킨값도 되지 않았지만 주변 친구가 혹시 모르니 예술인 복지재단 등록을 권유했고, 과정이 복잡하지도 않아 가입했었다. 정작 〈스타 더 K〉에서 준우승 상금을 넉넉히 받아 그곳의 혜택을 누리지는 못했지만. 여러 공연과 전시 할인을 위해 발급받은 예술인패스가 이 순간 빛을 발한 것이다. 비록 강연수가 원하지 않았더라도 말이다.

"네, 그래서 연락을 드릴 수 있었습니다. 인디로 활동하셨던 분들은 그런 식으로 연락이 되고, 그분들이 또 다른 분들을 알려주셔서 아티스트분들과 연락할 수 있었어요."

"저를 소개해 준 아티스트는 없었나요?"

빛이 있던 시대에나 들을 수 있던 밝은 목소리가 이제는 더 무섭다. 이 여자는 진짜 미친 사람인 게 분명했다. 강연수는 민현재의 목소리가 광기 어린 속삭임처럼 들렸다.

"네. 모든 아티스트분들이 바로바로 연결되는 건 아니니까요. 일단 1차로 연결된 아티스트분들로 시작하려고 했는데, 마침 저희 쪽에 강연수 님 골수팬이 있어서요. 그분이 하도 호소하기에 저도 마지막이다 생각하고 연락을 드렸는데, 응해주셔서 감사합니다."

"잠깐만요. 저는 참여하겠다고 안 했는데요? 저 음악 접었어요."

보통 사람이라면 음악을 접었다는 한마디로 이 느닷없는 통화를 종료했을 것이다. 하지만 강연수는 무대에서 느낀 황홀경도, 음악에 몰입했을 때 느꼈던 스스로를 초월하는 감각도, 사람들의 사랑과 관심에 중독되는 느낌도 아는 사람이었다. 그리고 지금은 외로움까지 알았다. 마음에 들지 않는 전화라도 일단 걸려 오면 계속 말하고 싶은 게 지금을 살아가는 강연수였다.

"물론 참여 여부는 강연수 님이 결정하는 것이지만, 모든 아티스트분들께 꼭 참여해 주셨으면 좋겠다고 이야기드렸어요. 어렵게 연락을 드린 것은 단순히 국가포털 관리자들 중에 강연수 님의 팬이 있어서가 아닙니다. 이번 문화누리 프로젝트는 아주 오랫동안 우리가 잊고 살았던 것들을 알리기 위해 기획했습니다."

우리가 잊고 살았던 것, 그리고 우리가 포기해야 했던 것들. 문득 무엇을 잃으며 살아왔는지 깨달은 강연수는 가슴에 올린 손에 힘을 주었다.

"저, 그동안 관리를 전혀 하지 않아서 피부도 몸도 목소리도 이상한데, 괜찮은가요?"

"원하시면 음악만 녹음할 수도 있어요. 하지만 저는 많은 분들이 지금 있는 그대로, 최고의 노래와 퍼포먼스를 보여 줄 거라 믿어요."

"어떤 가수분들이 나오나요?"

"그건 대외비입니다. 강연수 님이 참여하신다 해도 말해 드릴 수는 없어요. 누구인지 미리 밝히면 당일에만 트래픽이 몰리고, 그것으로 다른 아티스트분들이 실망할 수도 있으니까요."

"그렇군요……."

"상황이 어떻게 돌아갈지 몰라, 최대한 일정을 앞당겨 잡으려 해요. 2주 후가 가장 가까운 날짜입니다."

"아니, 아니, 2주는 너무 짧고요. 두 달, 그러니까 60일만 주세요. 그러니까 오늘, 아니 내일부터 60일이요!"

"네, 알겠습니다. 내일부터 60일 후에 촬영 일정 잡을게요. 그 안에 신변에 변화가 생기거나 거주지를 이전하시게 되면 이 번호로 짧게 통보라도 부탁드려요."

"거주지 이전은 무슨 상관이죠?"

"전날이나 당일 새벽에 저희 쪽에서 모시러 갈 거예요. 강연수 님은 언제 이동하실래요?"

"당일에 부탁드립니다……."

"네, 알겠습니다. 촬영 일주일 전부터 리마인드 전화드리겠습니다."

"감사합니다……."

"좋은 하루 보내십시오!"

역시, 이 시국에 자기 자리를 지키며 성실히 일하는 사람이야말로 가장 미친 사람이었다. 정신 차려보니 라이브 공연은 이미 잡혔고, 어째서인지 강연수는 이 일에서만큼은 도망칠 수 없다고 느꼈다.

"누나, 무슨 전화였어?"

"아니…… 나 공연 잡혔다."

"가수 그만뒀다며?"

"그게, 아직 라이센스 만료가 안 된 모양이라……. 하여간 그렇게 됐다. 두 달 후에 단독 라이브한다."

강연수는 호신용품으로 쓰는 녹슨 일렉기타가 아니라 평소 쓰던 통기타를 꺼내보았다. 무슨 미련이 남아 있었는지 통기타는 생각날 때마다 관리해 주어서 지금 바로 쓸 수 있을 정도로 말끔했다.

"야, 비켜."

그는 손이 기억하는 대로 〈로망스〉를 연주해 보았다.

"역시 누나가 연주하니까 좋다."

"기타 멀쩡하고, 기타 줄 있고, 스트랩 있고."

노래를 부르던 시절에 어떤 음악을 들었었지, 나는 어떤 음악을 듣고 어떤 노래를 불렀었지. 들어야 한다. 머리와 몸에 음악을 채워야 한다.

백야가 시작되고, 담배 사업에 뛰어들면서 강연수는 자기 세계에서 음악을 지웠다. 모아둔 앨범은 국가포털 중고 거래 게시판에 올려놨더니 누가 한꺼번에 사 갔다. 강연수는 그간 멀리했던 음악을 떠올리기 위해 깨어 있는 내내 라디오를 들었다. 어느 채널을 가만히 듣고 있노라면 가끔 재즈가 들려왔는데 개중에는 입시하면서 익힌 곡들도 종종 있었다. 침대 밑 서랍을 뒤져보니 고등학생 때 산 온갖 악보집이 나왔다. 입시곡으로 연주했던 음악은 아직도 손가락이 기억하고 있었다. 손가락에 감각이 없어질 때까지 피아노와 기타를 쳤다.

잊고 지낸 수많은 노래가 떠올랐다. 세상에는 많은 사람이 있고, 그 사람들은 모두 자신만의 이야기를 품고 있다. 그 이야기를 적어 라디오 방송으로 보내면 이야기와 어울리는 음악을 듣게 된다. 수줍은 고백도, 일상에서 느끼는 사소한 기쁨도, 고통스러운 마음에도 모두 이야기가 있다. 음악에는 그 이야기가 실린다. 강연수는 이야기를 노래했다.

아, 그래.

나는 누군가의 이야기가 되고 싶었다…….

강연수는 기타를 메고 집 밖으로 나갔다. 사람들이 신음하는 시장 광장이었다. 근무 중이던 동생이 아는 척을 했다. 상가는 모두 문을 닫거나 비어 있었다. 시장을 잇는 세 갈래 길이 만나는 광장은 적막했다. 그는 버려져 있는 플라스틱 의자를 끌어왔다. 그 위에 앉아 악기 연주를 시작했다.

처음으로 부른 곡은, 지금의 강연수를 있게 한 탈락자 결정전에서 불렀던 노래다. '저 사람들에게 부끄러운 상대가

되고 싶지 않다'라는 마음이 '절대로 떨어지고 싶지 않다'로
변한 순간 불렀던 노래다.

재에서는 아무것도 태어나지 못한다고 좌절했었다. 너무
빨리, 그리고 지나치게 화려하게 피어난 꽃은 수정되지 못
한 채 꺾였다고 생각했었다. 여전히 꽃은 수정되지 않았고
강연수의 마음에는 재만 남았다. 하지만 씨앗을 품어줄 토
양마저 사라진 건 아니었다. 마음 가장 깊은 곳에 남은 씨앗
이 길고 어두운 시간 동안 뿌리내렸고, 꽃의 잔해와 재는 그
씨앗이 싹을 틔울 거름이 되었다.

시장 한복판에서 강연수의 이야기가 시작되었다.

사이버 인권 교육

한때 학과별로 조교가 배정되던 호시절도 있었다.

인문대 조교로 세 번째 학기를 맞이하는 한가람은 조교실 창문을 열고 가을 바람을 불러들였다.

"이번 학기는 평화롭구나……. 평화로워야 할 텐데……."

2학기가 시작된 지 벌써 3주가 지났다. 사회과학대학 조교가 갑자기 수술을 하게 되어 그 사람의 업무까지 같이 보고 있는데도 바람을 즐기고 티백으로 우린 녹차의 맛을 음미할 정도로 평온한 나날이 이어졌다.

[ㅅㅂ]

[나오늘사람죽일거임]

평화로워서 평화롭다고 말해버리면 곧 그 평온을 부숴버리는 일이 발생한다. 한가람의 여자 친구, 박성미에게서 발송된 문자는 고요한 아침 시간을 박살 냈다.

요 며칠간 여자 친구가 소속된 '가상현실구상실현연구실'은 거의 방치된 상태였다. 연구소 사람들이 죄다 코로나에 걸렸기 때문이다. 한가람은 애인에게 특명을 받았다. 그는 아무도 없는 연구실에 매일 들러 화분에 물을 주었고, 바닥에 굴러다니는 쓰레기를 치우고 쌓인 먼지를 닦아냈다. 인문대학 조교인 그가 공학관 연구실을 관리해야 할 이유는 하나도 없었지만 이곳에서 돌리는 컴퓨터에 여자 친구의 박사논문이 달려 있었다. 그가 연구실에서 해야 할 일은 24시간 돌아가는 그 컴퓨터가 갑자기 꺼지지 않도록 실내 온도를 조절한다거나 비 오는 날에는 창문을 닫아두는 등, 어떻게든 애인의 졸업논문을 지켜내는 중요한 일이었다.

[너우리컴퓨터건드렸냐?]

한가람은 메시지를 치던 그 짧은 순간에도 커져가는 오해를 직감해, 바로 전화를 걸었다.

"씨이팔……."

한가람은 남중, 남고, 군대를 거치며 수많은 욕을 들어왔다. 그러나 오늘 여자 친구가 내뱉은 비속어는 그간 들어온 모든 비속어 중에서도 거칠기로는 으뜸이었다. 그야말로 날 것, 그야말로 살의의 집약이다.

"너, 컴퓨터 건드렸냐?"

"아니? 무슨 일이야? 괜찮아?"

무슨 덤터기를 쓰고 싶어 공대 연구실의 컴퓨터를 건드는가? 그 컴퓨터는 심즈 시리즈를 베낀 것 같은 시뮬레이션 게임을 24시간 돌리고 있었다. 언젠가 실행하는 모습을 한번 보았는데, 한가람은 그래픽이 아니라 화면을 꽉 채우는 텍스트에 눈이 핑핑 돌아 그 컴퓨터와 심적으로도 물리적으로도 거리를 두었다. 2학기 들어서면서 조교 업무가 여유로워졌다고는 하나, 아주 느긋한 것도 아니었다.

"너, 진짜 안 건드렸지."

"나 그거 화면만 봐도 멀미 나……. 몸은 어때?"

박성미는 본래 낮으면서도 맑은 목소리의 소유자였는데, 지금은 숙취에 시달리는 사람 같았다.

"무슨 일이야?"

"sam4 돌리던 컴퓨터 뻑 났다, 씨발……."

"아, 15일 정전 때문인가?"

"정전? 무슨 소리야?"

"9월 15일에 연구동 전체 정전 있을 거라고 공지 나왔었는데, 연구실에 아무도 없었어?"

"아, 아! 아, 씨발…… . 정전 몇 시간이나 됐어?"

"10분?"

"씨바아알!"

책상을 쾅 치는 소리가 전화기 너머로 들렸다.

"미친 새끼들아!"

아무래도 박성미는 통화 중이라는 사실을 잊어버린 모양
이다.

"위드with 코로나가 위드인within 코로나인 줄 아냐고! 씨
발, 내가 술 마시지 말자고 했잖아! 씨발 놈들아! 너희들이
술만 안 처마셨어도 이 지랄 안 났다고!"

한가람은 통화 소리를 줄였다. 수화기 너머로 여자 친구
가 쉬지 않고 욕하며 집기들을 박살 내는 소리가 전해졌다.
평소에 박성미는 연구실의 좁은 인간관계에 시달렸는데 오
늘 사고를 계기로 기어이 폭발한 모양이었다. 한가람은 막
도착한 사범대 조교에게 조교실을 맡기고 교내 카페로 달려
갔다.

"한가람이, 내가 먼저 주문해도 되나?"

막상 도착하니 여자 친구에게 무엇을 먹여야 할지 몰라
계산대 앞에 멍하니 서 있는데, 교수와 마주쳤다.

"네!"

지도교수인 김만석 교수였다. 가을이 오면 그는 항상 버버리 패턴의 빵모자를 쓰고, 회색 터틀넥 위에 물 빠진 노란빛 외투를 걸쳤다.

"공학관에서 웬 미친 여자가 소리 지르던데 무슨 일 있었냐? 네 여자 친구 공대 박사과정이라며? 들은 거 있어?"

"여친은 아직 코로나 앓는 중이라……."

"아메리카노 나왔습니다."

"고마워요."

교수는 김이 폴폴 올라오는 종이컵을 쥐었다.

"답사 준비 잘하고 있지? 2학기에 답사 가는 학과 많으니까 네가 잘 챙겨야 한다."

"예! 안녕히 가십시오!"

대학 평가 때문에 재정을 긴축해야 한다고 듣긴 했는데 그게 왜 조교 허리띠를 조르는 일로 변했는지 모르겠다. 학교에서 오래 일하다 보면 이상한 데서 돈이 새는 걸 쉽게 볼 수 있는데 말이다.

"블루베리 스무디 하나 주세요."

카페 사장은 곧 스무디를 만들어 건네주었다. 그는 미친 여자가 날뛰는 가상현실구상실현연구실로 들어갔다. 기묘하게 조용했다. 그 여자는 책상에 엎드려 울고 있었다.

"성미야, 아침은 먹었어?"

스무디를 옆에 놓았는데도 마시지 않는다. 어지간히 큰일인 모양이다. 한가람은 점점 두려워졌다. 애인은 평소에 감정을 잘 드러내지 않는다. 어찌나 감정 표현이 없는지 한가람은 여자 친구가 감정을 표출하는 일을 재앙의 징조로 여길 정도였다.

"나 죽을래……."

미친 여자는 슬픈 여자던가? 슬픈 여자가 미친 여자던가? 박성미는 죽고 싶다며 울었다. 한가람은 박성미가 진정될 동안 연구실을 둘러보았다. 사람이 하나도 없었다. 심즈를 돌리는 컴퓨터에서 윙윙대는 팬 소리만 들려왔다. 모니터에는 'PYAYAN'이라는 영문 모를 단어와 함께 데이터 복구가 진행되고 있었다.

"복구하는 데 48시간? 전체 데이터 손상률 98퍼센트? 이 정도면 그냥 포맷하는 게 낫지 않아? 심즈 복구하는 데 무슨 이틀이나 걸려?"

"심즈 아니야, '삼사'야."

성미는 A4 용지에 'sam4'라고 적어주었다.

"씨발……. 위탁한 기관에 보고는 했는데 이제 어떡하냐? 범인부터 찾아내서 족쳐? 어차피 용의자는 세 명뿐인데 지금 집합시켜?"

"일단 진정하고……. 할 수 있는 일을 해야지."

"할 수 있는 일이 없다고…… 내가 뭘 할 수 있는데. 내가……."

"일단 나하고 맛있는 거 먹자. 아침이라 배달되는 가게가 별로 없을 테지만……."

"몰라……."

안 먹는다는 게 아니라 모른다고 말했기 때문에 뭐라도 먹어야 했다. 배고픈 여자 친구는 화를 내지만 배부른 여자 친구는 꾸벅꾸벅 존다. 평온한 미래를 위해 배를 채워두어야 했다.

평소에 좋아하던 온갖 치즈를 올린 페퍼로니 피자를 제일 큰 사이즈로 시켜주었다. 박성미는 한참 엎드려 있다가 피자 냄새를 맡고 몸을 일으켜 한 조각씩 먹기 시작했다.

"삼사가 뭐야?"

"가상세계 시뮬레이터 이름. 가상세계 이름을 PYAYAN이라고 지어놨는데, 우리는 그냥 다 삼사라고 해. 연산윤회 연구소에서 우리 연구실에 관리 위탁해서 그간 내가 돌보고 있었지."

"시뮬레이션이라면 무엇을 목표로 하고 있는 거야? 한 사람의 인생? 도시 계획? 우주 탐사?"

여자 친구는 피자를 먹기 시작하면서 이성이 되돌아왔는지 대화에 응해주었다.

"크게는 지구 멸망 시나리오, 작게는 인간의 구원 가능성 탐구."

"오……."

"뭔지 싶지? 우리도 마찬가지니까 꼬치꼬치 묻지 마."

"구원 가능성은 무슨 말이야?"

여자 친구는 설명 대신 높이를 맞추려고 책상 다리에 괴어둔 책자를 보았다.

"저거 읽어."

한가람은 애인이 시키는 대로 가이드북을 읽어보았다.

[sam4는 오픈월드·샌드박스 시뮬레이션으로, 다양한 분야에서 불교적 사고실험을 보조하기 위해 연산윤회연구소에서 개발되었습니다.]

여자 친구의 설명과는 꽤 다른 문장들이 가이드북에 적혀 있었다.

[sam4에 구현된 세계는 PYAYAN이라고 칭합니다. PYAYAN 세계는 이승과 저승 간 개체의 무한한 순환을 골자로 합니다. 여러분은 한 개체를 해탈시키기 위해 시뮬레이션을 할 수도 있고, 이승 영역과 저승 영역의 효율적 경영

에 집중할 수도 있으며, 고립된 환경에서 사고실험을 할 수도 있습니다. sam4는 하나의 세계에 서로 다른 레이어를 여러 개 추가해 원래 세계에 영향을 주지 않고 다양한 사고실험을 시도할 수 있도록 디자인되었습니다.]

"연산윤회연구소에서 이거 맡길 때, 특별히 부탁한 거 있어?"

"PYAYAN을 가지고 뭐든 해도 되는데, 배경 레이어에 해당되는 원래 세계는 절대 함부로 종료하지 말라고 했지."

"지금 sam4는 어떤 상황이야? 종료된 거야?"

"나도 알고 싶다……. 복구될 때까지는 아무것도 모를 테고……. 흑, 다 죽여버릴 거야……."

박성미는 처음 이곳 연구실로 왔을 때, 홍일점이라는 얼토당토않은 이유로 일을 엄청나게 떠맡아서 고생했다. 너무 열심히 일한 나머지 이제 연구실은 박성미가 없으면 제대로 돌아가지 않는다. 긴 시간 연구실에서 와룡으로 지낸 박성미는 군대였으면 영창 한 번 정도는 다녀왔을 부조리의 화신이 되었다.

"가람아, 나 이제 좀 괜찮으니까 너도 사무실로 돌아가. 이따 점심시간에 보자."

진짜 괜찮은 거 맞아? 한가람은 되묻고 싶은 말을 꾹 참고, 조교 사무실로 발걸음을 옮겼다. 사회과학대학 조교에게 전화가 걸려 왔다.

"유빈 선생님! 몸은 괜찮으세요?"

"선생님…… 제가 답사랑 실습 이야기 한 적 없죠."

불길함이 척추를 따라 올라왔다. 온몸이 싸늘해지는 기분이다.

"이번 학기는 사회학과, 인류학과, 지리학과가 답사 가요. 그리고 실습은, 아마 사복과요. 제가 컴퓨터에 매뉴얼 정리해 두었으니까 찾아가면서 하시면 돼요. 진짜 죄송합니다……."

"하하하. 정말 괜찮아요. 지금이라도 알려주셨으니 제가 잘 처리할게요. 선생님은 수술 잘 받으시고 푹 쉬다 오세요."

잠깐, 인문대에서는 어느 과가 가더라? 그는 사무실에서 답사 가는 학과 목록을 봤다.

인문대에서 답사 가는 학과는…….

국어국문학, 중어중문학, 일어일문학, 뭐? 독어독문학과는 한국에서 갈 데가 어디 있다고 당당하게 여기 있어? 다른 학과는 아무래도 상관 없다. 한가람은 한국사학부의 박사과정생이다. 한국사학부 답사지가 그의 운명을 결정한다.

한국사학부의 답사지는 전라남도 화순이었다. 그는 믿을

수 없어 모니터를 껐다가 켰다. 전라남도 화순이 맞았다. 그는 학부생과 교수를 렌트카에 태우고 화순까지 운전할 운명에 처했다.

작년에 고고학과가 한국사학과에 합쳐져, '한국사학부'가 되었다. 이번 답사지 선정 결과는 한국사와 고고학이 공존하며 생긴 비극이었다. 그는 체념했다. 다른 과 교수들이 약속이라도 한 듯 자기 과 사전 답사에 함께 가줄 수 있냐고 연달아 전화하기 전까지는.

"선생님, 사범대는 답사 어떻게 합니까?"

"사범대는 모두 같은 곳으로 가요."

사범대 조교는 모니터에 시선을 고정한 채 무심하게 대답했다. 한가람은 결국 편들어 주는 이 하나 없이 교수들과 사전 답사 일정을 협상하느라 오전 시간을 전부 소비했다.

창문을 내다보니 식당으로 향하는 학생들로 학교가 바글바글했다.

한가람은 거의 항상 정보공학관 식당에서 박성미와 함께 밥을 먹었는데, 오늘따라 공학관 식당이 세 배는 복닥거렸다. 주 메뉴인 삼겹살 볶음밥 때문이었다. 기숙사생들까지 삼겹살 볶음밥을 먹겠다고 정보공학관 식당으로 몰려온 모양이다.

"야! 한가람! 나와!"

도전장을 던지는 기백으로 그를 찾는 사람이 있었다. 한 가람은 인파를 헤쳐 목소리가 들린 곳으로 갔다.

"오늘 점심 뭐 먹게? 아까 피자 먹어서 배부르지 않아?"

"무슨 소리야. 피자 먹는 배하고 밥 먹는 배는 따로인 거 모르냐?"

확 밝아진 여자 친구의 목소리를 들으니 한가람도 긴장이 풀렸다.

"범인 찾았어?"

"응."

"어떻게?"

"그걸 지금부터 말해줄게."

성미와 도착한 곳은 컴퓨터공학과 연구실들이 늘어선 정보공학관 3동 입구 벤치였다. 벤치 뒤에는 학과 행사나 연사 초청 정보가 붙어 있는 공지 게시판이 있었다.

"9월 15일은 정보공학관 정전이 예정되어 있었어. 넌 어차피 정전 대비 프로토콜을 모르니까 네가 조치를 못 한 건 어쩔 수 없어."

프로토콜을 알았다면 오늘 성미의 점심 식사는 내 피와 뼈와 살이었겠구나. 그렇구나.

"용의자 세 명이 있다고 했지. 너 가고 불러서 물어봤는데, 그 셋이 9월 11일부터 sam4를 했더라."

세상에, 아까 피자를 먹여두지 않았으면 오늘 여자 친구는 살인 현행범으로 경찰에 잡혀 갔을지도 모른다.

"그런데 가람아, 딜레이가 있어."

"딜레마?"

"어! 얘네들이 PYAYAN을 망가뜨린 건 맞는데, 또 얘네 때문에 그나마 거기 사람들이 살아가고 있거든? 어떻게 해야 할까?"

"무슨 소리야?"

"사실 정전되기 전부터 sam4 상태가 계속 안 좋았거든. 인구는 계속 늘어나는데 식량은 항상 부족하고……. 그런데 이 녀석들이 생물을 배합해서 만드는 음식이 아니라 '간편식'이라는 카테고리를 개발하고 공급 라인을 만들어놓아서 어느 곳이든 무제한으로 배급이 가능하게 해놓았단 말이야?"

"대단한데."

"복원되면 구라인지 아닌지 밝혀지겠지."

박성미 앞에서 거짓말을 친다고? 더군다나 오늘처럼 살기등등한 박성미 앞에서 어차피 걸릴 거짓말을 해봤자 수명 줄이기밖에 더 되나.

"데이터 복원되면 그때 한 번 더 와줄 수 있어? 맨정신을 유지할 자신이 없어서……."

"그래. 자고 있을 수도 있으니까 전화해."

이 정도로 끝났다면 모두 행복했을 텐데. 그만한 사고가 또 다른 사고를 불러오지 않을 리가.

"복원 지점 말고 복원을 하라고! 복원! 내가 저장 버튼 누른 시점으로 돌아가라고!"

혹시 몰라 부르기 전부터 옆에 있었는데, 복원 완료가 되자마자 박성미는 또 날뛰기 시작했다. 48시간 기다려서 얻은 것은 복원된 세계가 아니라 한 존재가 남긴 마지막 기록뿐이었다. 한가람은 그 기록을 직관적으로 읽을 수 없어, 메모장을 켜서 자기 나름대로 편집했다. 남자 친구가 살아남은 자료부터 차분하게 정리하는 모습에, 박성미도 이틀 전보다 빠르게 진정했다.

"뭐 하는 거야?"

"읽기가 어려워서…… 내 나름대로 정리해 보는 거야."

[이 일은 정말 더럽게 힘들다. 사실 뒤지게 힘든데 뒤질 수도 없다.]

한가람이 읽기 편하게 정리한 구문은 sam4 로그에 익숙한 박성미에게도 쉽게 읽혔다.

"너, 그 기록 끝까지 다 정리하면 나한테 보내줘. 연산윤회연구소에 메일로 보내면 좋을 것 같아."

"어? 응. 너는 좀 자. 이틀 동안 잠도 제대로 못 잤잖아."

"접이식 침대 말고 자취방 매트리스에서 자고 싶어……."

박성미는 우는 소리를 내며 접이식 침대를 펼쳤다. 입은 투덜거려도 피곤했는지 기절하듯 잠들었다. 한가람은 고요한 연구실에서 기록을 번안하며 PYAYAN이 어떤 세계인지 배워갔다.

PAYAYAN 세계는 이승과 저승으로 나뉜다. 죽은 존재는 이승에서 저승으로 가고, 때가 되면 다시 저승에서 생의 영역으로 보내진다. 이 윤회를 가능케 하는 시스템을 순환의 고리라고 한다. 이 시스템은 가상공간에서 아주 오랫동안 가동되면서 서서히 약해졌다. 여기에 인류 문명이 시작되고 발달하며 너무 많은 죽음이 밀려왔다. 인간은 먹기 위해 많은 것을 죽이고, 나아가기 위해 많은 것을 지우는 존재였다. 인간의 삶은 PYAYAN에 과부하를 주었다.

이는 분명 공학적으로 해결할 수 있는 문제였다. 저승의 가용 공간이 줄어든다면 순환의 속도를 조절하거나 그 안의 절차를 개선하는 등, 남은 공간을 최대한 효율적으로 활용하도록 고치면 된다.

그래서 누군가 공학적으로 해결하려 한 모양인데, 그들이 놓친 문제가 있었다. 이 세계에 구현된 인간의 욕망이었다.

PYAYAN의 인간은 '더 행복해지는 것'을 원했다.

저승 행정 업무로 과로하던 한 개체는 더는 환생하고 싶지 않아 하는 개체에게 저승의 업무 조건을 일부러 말해주지 않았다.

저승 총파업 책임자는 아마도 연구실 학생이 조종했을 법한 '사장'에게 더 나은 근무 조건을 요구했다.

sam4에서 구현된 사회는 실제 인간이 살아가는 모습과 비슷했다. 그리하여 이쪽 사람이 저쪽의 욕망에 흔들리는 사태가 발생한다. 연구자로서 해결할 수 있던 문제를 '사장'으로서 대응한 바람에 이승과 저승을 오가는 통로가 부서졌다. 그 와중에 간편식을 개발해 무제한으로 공급하는 시스템은 왜 만들어냈을까?

한가람은 문득 이런 생각이 들었다. 만약 자신이 어떤 세계의 전지전능한 존재라서 많은 일에 개입할 수 있다면 과연 이 세계를 가만둘 수 있을까? 개개인의 욕망을 적나라하게 꿰뚫어볼 수 있다면 그 욕망에 어떤 식으로든 개입하지 않을 수 있나? 그도 분명 저질렀을 거다. 그에게 누군가를 살릴 수도 파멸시킬 수도 있는 힘이 있다면 궁금해서라도 그 힘을 휘둘렀을 테지.

30분 만에 박성미의 핸드폰 알람이 울렸다. 그새 쌩쌩해진 여자 친구는 바로 컴퓨터 쪽으로 와서 한가람이 재구성

한 로그를 읽어보았다.

"잘 썼다, 야."

"너, 더 안 자도 돼?"

"이제부터 수동 복원도 해야 하는데 무슨 잠을 또 자? 그리고 너는 앉혀두고 연구실 사람인 내가 어떻게 잠을 자냐?"

박성미는 한가람의 뺨에 가볍게 입술을 대었다. 그는 칭찬받은 기분이 들어 조금 부끄러워졌다.

"너 많이 바쁘지?"

"안 바쁘다고 하면 거짓말이지."

며칠 전까지 느긋하게 가을 바람을 즐기던 그였지만 그사이 사정이 많이 바뀌었다. 두 단과대학의 답사 준비도 해야 했고, 박사과정생으로서 해야 할 공부도 있었다.

"하루 세 시간 정도만 내가 수동 복원하는 로그 이렇게 읽기 좋게 바꿔주면 안 돼?"

"응, 안 돼요. 못 해요. 교수님이 하지 말랬어요."

"시급 만 원."

"저의 영혼은 오늘부터 주인님의 것입니다."

박성미는 호탕하게 그의 어깨를 도닥이며 옆자리에 앉았다. 한가람도 시급 만 원에 없던 기운이 솟아올라 키보드 치는 손가락에 힘이 들어갔다.

매일 조교 업무가 끝나면 가상세계구상실현연구실로 가서 박성미가 뽑아놓은 로그를 한가람 나름의 감각으로 번안하던 중이었다.

　"형준아, 수빈아. 내가 궁금한 게 있는데."

　"네!"

　성현준과 차수빈, 두 사람은 이 연구실의 석사과정생으로 PYAYAN의 저승 구역을 날려버린 사람들이다. 인턴 김서은은 저승 영역의 문제를 공학적으로 훌륭하게 해결한 포상으로 이번 복원 작업에 동원되지 않았다.

　"너희들, 저승 노동조건을 엉망으로 만들어서 위탁 과제 반갈죽 내놓았으면서 간편식 라인은 왜 만들었냐?"

　"죄송합니다."

　"내가 지금 죄송하다는 말을 듣고 싶어서 물어보는 게 아니잖니?"

　"이승에서 너무 많은 존재가, 너무 빨리 죽어서 저승 영역 관리가 어려웠습니다. 그래서 그 속도를 늦추려고 넣어보았습니다."

　"저승사자들이 요구하는 것들만 들어줬어도 아무 일도 일어나지 않았을 텐데……. 도대체 왜 안 들어준 거냐? 그거 들어주느니 위탁받은 프로그램을 날려버리겠다는 발상은 도대체 어떻게 해야 가능한 거냐?"

120

한가람은 말리지 않았다. 아무것도 죽이지 않는 간편식을 만들어낼 수 있는 사람들이 고작 사자부의 노동조건 개선 요구를 들어주지 않아 세상을 망가뜨렸다는 게 믿기지 않았다. 그 이유만큼은 외부인인 그도 제대로 듣고 싶을 정도였다.

"얘들아. 너희들이 튀는 바람에 이 세계 인간들은 새카만 어둠 속에서 죽지도 못하고 1500일가량 보냈거든. 일시정지라도 눌러두고 튀지 그랬어. 너희 때문에 지금 몇 명이 밤새우고 있는 거냐?"

박성미는 모니터만 쳐다보면서 고개 숙인 후배들을 쪼아 댄다. 눈길을 돌리고 잠시 타이핑을 멈추는 것조차 사치라는 듯, 키보드 치는 손가락도 멈추지 않았다.

"이 사람들, 간편식만 먹으면서 목숨을 부지하고 있어. 너희들이 그거 안 만들었으면 다들 혼수상태가 되어서 리셋하기도 덜 부담스러웠을 텐데, 간편식 개발자분들 덕에 사람들이 절망의 밑바닥은 다 보고, 죽지도 못하는데 기운은 남아서 더 안쓰럽게 삶을 이어가잖아."

죽을 수는 없어도 죽음에 한없이 수렴할 수는 있는 세계, 지금 PYAYAN의 상태였다. 그리고 박성미는 이 세계의 사람들에게는 어떤 것도 욕망할 수 없는 산송장 상태가 차라리 나을 것이라고 이야기한다. 애인이 뽑아주는 특정 로그를 이야기로 번안하던 한가람도 비슷하게 생각했다.

"연구실 사람들하고 연산윤회연구소 분들하고 힘내면 PYAYAN 세계는 어떻게든 복원이 가능할 거거든? 도저히 안 되겠다 싶으면 초기화하는 방법도 있을 거거든? 그런데 너희들의 그 모순된 정신머리는 어떻게 초기화해야 되냐?"

석사과정생들은 한가람이 연구실에 없을 때도 꾸준히 쪼였는지 분할 만도 한데 고개를 숙인 채 버티고 있었다.

"그리고 너희들은 석사과정 3차 학기나 왔으면 말이야. 가상세계에 어떻게 개입해야 하는지 알았어야 할 거 아니야. 개입하고 싶을 때는 새 레이어 생성하고 하라고 했어, 안 했어?"

"말씀하셨습니다."

"그리고 15일에 정전이 예정되어 있었으면, 응? 종료는 제대로 했어야지. 레이어 생성하고 종료만 제때 했어도 이 꼴 안 났어. 가장 기본적인 규칙만 지켰어도 이 꼴 안 났다고……."

욕 없이 이야기하는 것도 한계에 다다랐는지 박성미는 타이핑을 멈추고 깊은 탄식을 내뱉었다.

"내일 연산윤회연구소에서 연구원 한 분 오신다니까, 그분 도와서 일해. 그리고 sam4 매뉴얼 제대로 외워두고, 너희 때문에 사고실험 데이터 날린 교수님께 사과드려. 알았어?"

"알겠습니다."

저렇게 서슬 퍼런 여자 친구는 처음이다. 한가람은 괜히 저쪽으로 눈동자를 돌리지 않기 위해 모니터에 빨려 들어갈 것처럼 고개를 앞으로 내밀었다. 박성미가 고른 인물들은 1500일가량 햇빛도 받지 못하고, 죽지도 못하는 세계가 얼마나 슬픈 세상인지 뼈저리게 느끼면서도, 하나같이 삶에서 빛을 찾아낸 사람들이었다.

뭐야, 자기도 냉정한 척하면서 PYAYAN에 엄청나게 이입하고 있었잖아.

한가람은 분위기를 미처 읽지 못하고 피식 웃어버렸다.

확장윤회양분세계

1.

몽롱한 가운데 지긋지긋한 갈증과 허기를 느낀다.

하루가 시작되었다.

눈을 뜨면 꼬맹이에게 물에 갠 간편식을 손가락으로 찍어서 억지로 먹인다. 쇠약한 강아지가 먹는 모습을 보면 삶이란 무엇인지 끝나지 않는 생각에 빠진다. 먹먹한 어둠은 생각을 증폭시킬 뿐 해결책을 내주지는 않는다. 꼬맹이의 배변을 유도하고 치우면 첫 번째 일과는 끝이다. 원래라면 다시 잠들 시간이지만 무기력을 몰아내려 애써 기지개를 켠다.

헤드랜턴을 쓰고 대충 짐을 챙겨 집 밖으로 나온다. 아파트 엘리베이터는 나를 위해 작동하지 않는다. 1층까지 걸어

내려와 건물 밖을 빠져나온다. 무거운 어둠이 세계를 짓누른다. 스마트폰은 지도 앱으로 내 위치를 확인하는 것 이외에는 쓸모가 없다.

우리의 세계는 멈췄다. 백야가 찾아오고 며칠이나 지났을까? 인공위성으로 촬영한 지구를 뉴스에서 보았다. 우리가 알던 '창백한 푸른 별'은 '우주의 색채'에 지워져 버렸다. 그곳에 '별'은 없었다.

이제 지구 사진을 보여줄 포털도, 뉴스도 없다. 아마 인공위성을 관리하는 사람들도 자리를 떴을 텐데, 노는 법을 모르는 기계는 아직까지도 정보를 전해온다.

인공위성이 아직도 작동한다면 태양이 사라진 것은 아닐 텐데, 어째서 지구만 어둠에 휩싸였을까? 당연히 그런 고민도 해봤지만 아무래도 상관없어졌다. 빛이 돌아온다고 해도 우리가 잃어버린 것들이 다시 돌아오지는 않을 테니까.

4년 동안 이어진 백야를 버틴 나는 죽음을 선물하는 여자를 기다린다.

그 여자는 방울을 잔뜩 단 지팡이를 요란스레 짚으며 바닷가를 찾아다닌다고 한다. 근처에 오면 방울 소리가 들릴까 요 며칠 신경 쓰고 있었더니 잠결에 비슷한 소리만 들려도 눈이 번쩍 떠졌다. 그래도 일주일만 기다려보자고, 나는 그 여자가 우리 도시에 왔다는 소문 하나만 믿고 매일 무작정 아파트 밖으로 나와 버티는 중이었다.

폐쇄된 편의점 앞에 놓인 의자에 앉아 간편식을 빨아들이며 핸드폰을 본다. 국가포털에서는 아직도 새로운 간편식 수요 조사를 하고 있다. 지금도 이런저런 맛이 다섯 가지 정도 있지만 나는 미숫가루 맛과 두유 맛만 먹었다. 당연히 미숫가루에도 두유에도 질려서 냄새만 맡아도 빈속을 게워내는 날도 있었다. 몇 번이고 토해도 꾸역꾸역 다시 간편식을 먹게 하는 허기야말로 이 세계의 기적이었다.

배고픔만 겨우 달래는 삶을 몇 년 살다 보니 허기를 느낄 새가 없었던 지난날이 그립다. 풍년이 들면 가격이 폭락한 작물들을 수확하느니 그냥 밭을 뒤엎던 시절이 먼 옛날 일로 느껴진다.

예전에 학교에서 풍물을 배울 때 뒤따르던 깃발에는 '농자천하지대본農者天下之大本'이라는 표어가 적혀 있었다. '옛날에는 농경 국가였으니까 당연한 거 아니야?' 같은 가벼운 마음으로 꽹과리를 치던 나는, 백야 10일 차에 모든 식품의 가격이 치솟는 꼴을 보면서 그것이 낡은 표어가 아니고 세계의 법칙임을 깨달았다.

먹지 못하면 죽는다. 차라리 돈이 없으면 죽는다는 말이 현실적이라 생각하며 배부른 시절을 살아온 나에게 지난 4년은 인간은 돈을 소화시킬 수 없다는 사실을 뼈에 새기는 시간이었다.

가끔 꿈에서 풍요가 재현된다. 나를 괴롭히는 것들은 어쩌다 한번 사 먹는 아이스크림 케이크나 순살 양념치킨, 초밥 뷔페에서 열심히 집어 먹은 연어 초밥 같은 게 아니었다. 유난히 잠들지 못하는 날, 식욕에 소스라쳐서 눈물까지 나는 음식은 다름 아닌 편의점에서 팔던 참치마요 삼각김밥이었다.

여기서 꼭 살아남아 삼각김밥을 먹고 말겠다고 얼마나 많은 밤 다짐했던가. 4년째 백야를 살아가는 나는 많은 시간을 삼각김밥에 빚지고 있다.

그 여자를 기다린 지 3시간 40분이 지나가고 있었다. 헤드랜턴에서 배터리가 20퍼센트 남았다는 신호음과 함께 불빛이 한 번 깜박였다. 부모님도 오빠도 모두 헤드랜턴과 충전기를 가지고 떠나는 바람에 내게는 여분이 없었다. 게다가 나는 수명이 다한 내장 배터리를 갈 줄도 몰랐다. 랜턴의 수명이 완전히 끝나 어둠과 고독을 견디지 못하게 되기 전에 그 여자를 마주쳐야 했다.

나에게는 미묘한 확신이 있었다. 국가포털 커뮤니티 게시판에서 그 여자에 대한 괴담을 읽었을 때부터 지도에 그 사람이 나타났다는 지역을 핀으로 표시하기 시작했다. 여자는 강을 따라 내륙으로 가기도 했지만, 보통은 해안가 주변에 나타났다. 그리고 점차 우리 동네와 가까워지고 있었다. 우리 도시는 서해와 맞닿은 곳이었고, 우리 동네에는 항구까지 있었다.

헤드랜턴이 완전히 꺼졌다. 밤새 충전했는데도 이 정도밖에 못 버티면 정말 새로운 랜턴을 배급받아야 할지도 모르겠다.

하지만 이제, 새로운 것에 무슨 의미가 있지?

6년 된 스마트폰은 쾌속으로 배터리를 소비했다. 약정 끝나기 두 달 전에 백야가 시작되어서, 바꿀 타이밍을 놓쳤다. 이 어둠 속에서 핸드폰 배터리가 완전히 방전되어 고립되는 건 백야 4년 차인 나도 겪고 싶지 않은 일이다. 이렇게나 집이 가까워도 빛이 없으면 돌아갈 수 없다. 우리 세계를 감싼 어둠이란 그런 것이다.

아파트 입구로 들어가는데 발에 방울이 밟혔다. 소리를 꽥 지르고 휴대폰 불빛을 비춰보니 사람이었다.

"……저기요?"

"물…… 물, 물 좀…….'

"천천히 드세요."

여자는 상처투성이였다. 모른 척 지나가자니 마음이 불편해서 아파트까지 데리고 왔다. 엘리베이터를 쓰지 못한 채, 내가 살고 있는 7층까지 탈진한 여자를 데리고 계단으로 올라왔다.

아파트에는 아파트의 법이 있다. 이제는 익숙해져 많은 제한을 견딜 만했다. 엘리베이터에 관련된 규칙만 빼고. 두 발로 걸어다닐 수 있는 젊은 사람은 절대로 엘리베이터를 사용하지 말 것.

한번 외출하고 돌아올 때마다 숨 차서 죽을 것 같았지만 규칙은 지켜야 했다. 뒤통수 깨지기는 싫었으니까.

"……어휴."

"죄송합니다……."

멀쩡할 때도 숨찬 층계인데, 사람 하나를 업고 올라오니 나도 죽을 것 같았다.

문을 열고 집 안으로 그 여자를 내려놓았다. 소파에 누워 있던 꼬맹이가 힘없이 짖다가 고개를 떨구었다.

"꼬맹아, 응. 괜찮아. 앞에 간편식 놨으니까 그거라도 먹어요."

나는 주머니에 하나 남은 간편식을 그 사람 앞에 두고 꼬맹이를 안고 화장실로 갔다. 배변 뒷정리를 다 하고 나오는데, 꼬맹이가 물 마시다가 괴롭게 기침하며 깽깽거렸다. 내가 해줄 수 있는 건 없는지라 강아지가 지쳐서 쓰러질 때까지 가만히 옆에 앉아 있었다.

"물은 너무 급하게 마시면 체하니까, 일단 작은 거 한 통만 마셔요."

"감사합니다."

여자는 엉망진창이었다.

"어쩌다가 그렇게 맞은 거예요?"

"원하는 것을 들어주지 않았거든요."

나는 그 여자의 지팡이를 보았다. 만화에 등장하는 승려가 들고 다닐 법한 석장이었다.

"당신이 그 유명한 사신이군요."

"헤엑⋯⋯."

통증에 맥이 풀린 꼬맹이는 누운 자리에서 오줌을 지렸다. 나는 꼬맹이를 납작해진 쿠션 위에 두고, 오빠가 빠뜨리고 간 사각팬티로 바닥을 닦았다.

"저는 사신을 기다리고 있었어요. 드디어 이렇게 인연이 닿았네요."

"저는 사신 같은 게 아니라⋯⋯. 네, 하는 짓으로 보면 사신이 맞네요."

"이름이 뭐예요? 저는 박주연이라고 해요."

"저는 2N이라고 하고 다녀요."

"이엔?"

말하고 나서야 그것이 두 개의 N임을 알았다.

"언젠가 제가 이름이 없다니까, 누가 그럼 노 네임No Name

의 앞 글자를 따서 2N이라고 하고 다니랬거든요. 기억을 잃고 처음 만난 분이었어요."

"이엔, 개성 있네요."

"도와주신 건 정말 감사하지만…… 그 보답으로 죽여드릴 수는 없어요. 사람도 죽일 수는 있지만 아무나 죽이지는 않아요. 이 문제로 몇 번이고 위험한 일에 처했지만……. 저도 원칙이 있어요."

우리는 모두 지쳤다. 우리 아파트에서도 열 명 정도 뛰어내렸지만 죽은 사람은 아무도 없었다. 육체의 고통을 도저히 견딜 수 없는 사람들이나 연명 치료를 멈추었는데도 숨이 남아 있는 사람들을 산 채로 화장한 후 유골을 분쇄해서 바람에 날려 보냈다. 우리 가족은 그 과정을 전부 보았다.

그것은 죽음이라 할 수 없었다. 우리는 장례를 치른 게 아니었다. 할머니의 죽음은 파일을 삭제하는 것에 가까웠다.

가족 모두 살아 있는 사람을 불태워 죽였다는 죄책감에 시달렸다. 할머니를 그렇게 보낸 아빠가 가장 먼저 집을 나갔다. 암에 걸린 외할아버지를 간병하던 외할머니가 엄마에게 전화해서 차라리 산 채로 태워달라고 울부짖었다. 그렇게 엄마도, 외할머니도, 외할아버지도 어둠 속으로 사라졌다. 오빠는 꼬맹이가 심장병으로 괴로워하는 걸 끝내겠다고, 이런 모습을 더 보고 싶지 않다고 꼬맹이를 아파트 밖으로 내던지려다가 내가 소리 질러서 겨우 멈췄다.

그날 꼬맹이는 내 방에서 잤는데, 거실에서 한참 부스럭 거리던 오빠가 나갔다. 식탁에는 오빠가 써놓은 편지가 놓여 있었다. 그걸 보면 나까지 무너질 것 같아 아직 읽어보진 않았다.

"어떤 원칙이죠?"

"정부 기준이랑 비슷해요."

"그럼 나는 못 죽는 거구나."

"네. 죄송합니다."

"헤엑……."

"조금 아쉽긴 한데, 제가 죽으려고 이엔 씨를 기다린 건 아니에요."

이엔은 이미 꼬맹이를 보고 있었다. 중학생 때 아빠가 친구에게서 얻어 온 치와와, 꼬맹이. 벌써 18년이나 함께 살았다. 꼬맹이의 눈은 검은색도 갈색도 아닌, 불투명한 하얀 덩어리가 되었다. 심장이 좋지 않고, 폐에도 물이 차서 숨을 쉬다 말고 기침하는 게 일상, 그나마도 백야가 계속되는 동안 기력도 다해, 고작 이렇게 색색 숨 쉬는 게 전부였다.

"……강아지요."

"네."

만약 오빠가 꼬맹이를 던지려 들지 않았다면 꼬맹이를 던진 사람은 내가 되었을지도 모른다.

꼬맹이가 몇 분씩 괴롭게 기침을 하던 어느 날을 기억한다. 강아지는 빠르게 건강이 나빠졌고 비싼 약은 고통스러운 삶을 기약 없이 연장하기만 했다. 늙은 개를 수술대에 올릴 수도 없었다. 회복할 가능성보다 마취 후 영영 깨어나지 못할 가능성이 훨씬 높았기 때문이다.

약을 끊었더라면 꼬맹이는 금방 죽었을 거다. 우리 중 누구도 꼬맹이가 계속 살기를 바라지 않았다. 백야 며칠 전, 우리는 투약을 멈추었다. 아마 백야가 하루만, 아니 몇 시간만 늦게 찾아왔어도 꼬맹이는 모두가 보는 앞에서 떠날 수 있었겠지.

살아 있는 이상 죽음에 저항하지 못하는 순간은 분명 찾아온다. 죽어야 할 때 죽지 못하면 더는 인간으로 살 수 없게 된다. 주변을 지키는 이들도 서서히 인간이기를 포기한다. 사랑하는 존재가 차라리 죽었으면 좋겠다고 독기 품은 저주를 내리고, 다시 고개 드는 죄책감에 울고. 산 사람이 살기 위해서 죽을 사람은 죽어야 한다. 그 경계에 지나치게 오래 머물면 삶의 모든 것이 무너져 내린다.

오빠는 그저 마음이 나보다 빨리 닳았을 뿐이다. 7층 베란다에서 꼬맹이를 던지려고 한 오빠를 미워하지 않는다. 그것은 망가지고 막다른 곳으로 몰린 오빠가 꼬맹이를 위해서 한 행동이었다. 나는 울부짖는 오빠를 말렸고 오빠는 집을 떠났다.

나라고 꼬맹이의 괴로움을 지켜볼 용기가 있어 오빠를 말린 게 아니다. 나도 오빠처럼 꼬맹이가 아파하는 모습을 보고 싶지 않았다. 그때 오빠를 말렸던 책임으로 나는 꼬맹이를 돌봐야 했다. 꼬맹이의 고통을 보고 싶지 않았는데, 나는 왜 오빠를 막아섰던 것일까.

"……할게요."

이엔은 꼬맹이의 엉겨 붙고 들쭉날쭉한 털을 쓰다듬었다.

"견주분께서 아셔야 할 게 있어요."

"네."

"제가 이 아이를 죽일 수는 있어요. 하지만 세계의 시각에서 보았을 때, 메커니즘은 화장하는 것과 똑같거든요."

죽는 것이 아니라 세상에서 지워진다. 애도받고 시간에 흐려지는 죽음이 아니라 산 자에게 죄책감으로 남는 죽음이라는 소리다.

병원비를 감당하지 못해서, 감정적으로 버티지 못해서, 결국은 '나'와 '우리'가 살기 위해 살아 있는 존재를 '능동적으로' 혹은 '적극적으로' 죽였다는 냉엄한 현실.

"끙, 끄윽, 깽!"

그동안 정말 많이 울었다고 생각했는데 막상 때가 오니

또 눈물이 났다. 이제야 왜 할머니의 장례식 이후로 아빠가 그토록 괴로워했는지 그 마음 깊은 곳에 닿은 것 같았다.

살아 있는 존재는 죽겠다는 의지만으로 호흡을 멈출 수 없다. 호흡은 살아 있는 것들의 의무이니까.

꼬맹이는 죽고 싶을까, 살고 싶을까?

죽음은 고통을 없앨 뿐이다. 꼬맹이라는 늙은 치와와는 그저 고통만으로 규정되는가? 고통을 끝내기 위해 죽인다면, 그 고통은 누구의 고통인지?

나는 꼬맹이 앞에 주저앉아 소리 내서 울었다. 이엔은 나를 달래지도, 위로하지도 않았다.

"꼬맹아."

한참을 울었다. 삐질 때마다 보란 듯이 소파에 오줌을 갈기던 순간, 처음으로 발톱을 깎다가 담요에 튄 꼬맹이의 피, 산책 중에 볼일을 보고 호쾌하게 흙을 덮는 소리, 그리고 발바닥에서 나는 고소한 냄새까지 내게 남아 있었다.

꼬맹이의 미약한 숨결이 뺨에 닿는다. 무릇 살아 있는 존재라면 호흡한다. 그 호흡이 자연스레 끊기는 순간을 놓치면 죽음에 존엄은 사라지고 살아 있는 자들의 고통이 시작된다.

"꼬맹아. 네가 죽고 싶은지는 모르겠어. 하지만 나, 네가 아파서 우는 소리도, 경련하며 고통스러워하는 것도 이제 더는 못 보겠어."

꼬맹이의 코끝부터 꼬리와 발톱까지 쓰다듬었다. 꼬맹이는 따뜻하지 않았다. 숨이 너무 약해서 몸이 오르내리지도 않았다. 귀도 잘 들리지 않고 눈도 보이지 않는 개와는 어떻게 이별하는 것일까. 이것이 이별이기는 할까. 꼬맹이는 살해당한 쪽에 가깝다. 나는 이 선택을 살아가는 동안 계속 곱씹어야 할 것이다.

"이엔 씨, 이제 됐어요."

"마지막 인사는 나누셨나요."

"네."

"강아지 만져도 될까요?"

"네. 안 아프게 부탁드려요."

이엔이 꼬맹이의 머리를 쓰다듬었다. 꼬맹이는 짧고 강하게 울부짖었다. 그 소리가 귓가를 떠나기도 전에 꼬맹이는 죽었다. 마지막으로 사체가 된 그 아이를 쓰다듬고 싶었는데, 이엔이 손을 떼자 꼬맹이는 바스라졌다.

이 죽음은 꼬맹이에게 안식이었을까, 일방적 살해였을까?

나는 꼬맹이가 죽어서 개운했다. 이제라도 죽어서 다행이라며 꼬맹이가 사라진 자리에 얼굴을 파묻고 한참 울었다.

2.

주연아,

아까 꼬맹이를 던지려고 해서 많이 놀란 것 같구나. 미안
하다. 나도 잠시 미쳤던 것 같다. 가족의 일과 꼬맹이의 일은
별개인데, 나는 꼬맹이에 우리 가족을 투사했던 것 같아. 아
무리 이런 세계여도 7층에서 온 힘을 다해 던지면 꼬맹이가
죽을 거라 생각했어. 네 소리를 듣고 문득 깨달았다. 그렇게
쉽게 죽을 수 있다면 아빠도 엄마도 이곳을 굳이 떠날 필요
는 없었을 거라고. 내가 던져봤자 꼬맹이는 더 고통스럽게
살아갈 뿐이라고…….

난 죽음이 고독한 것이라고 생각했다. 아무리 많은 이가
애도한들 죽음은 오로지 혼자 견뎌야 하니까. 하지만 할머
니가 산 채로 화장장으로 들어가는 모습을 보고 생각이 달
라졌다. 준비되었든 준비되지 않았든 한 사람의 죽음은 하
나의 삶이 끝났음을 알린다. 비록 수습할 이 하나 없는 사람
의 죽음일지라도 공무원은 그 생의 끝을 알게 되니까. 그것
은 결코 고독하지 않다. 죽음은 타인과, 어쩌면 세상과 연결
된 고리를 드러내는 순간이었던 거야. 죽음은 늘 우리 곁에
있고 삶을 마무리하는 당연한 과정이었다. 홀로 모든 짐을
진 채 떠나는 여행이 결코 아니었다.

나는 너무 오래 죽음을 바라왔다. 그것은 상황을 끝내는 행위이기에 확실한 도주로였고, 고독을 끝낼 수 있는 길이었으니까. 그러나 내가 바란 죽음은 세상에 존재하지 않았다. 모든 죽음은 관계 속에서 이루어진다. 아무도 관심 가지지 않고, 누구도 모르는 죽음일지라도 그가 '살았던 사실'은 부정할 수 없다. 나는 이제 죽음을 떨쳐내 보려고 한다. 이 현실에서 도망가지 않겠다는 소리다.

주연아, 나는 이제 죽음을 탐닉하는 일상을 깨고 사는 의미를 찾아보려고 해. 죽지 못한 채 늙어가고 병에 걸려 약해지는 일만 남은 세상일지라도 찬란하고 소중한 것이 있음을 확인하고 싶다. 어차피 우리는 죽지 않아. 집 밖을 나가 고속도로와 산속을 걷다 병을 얻을지언정 계속 세상을 돌아다닐 수 있고 찾고 싶은 것은 어디로든 가서 찾아보려 한다.

꼬맹이의 병 수발을 네게 맡기고 가는 게, 끝까지 네게 짐을 지우는 것 같아 마음이 무겁다. 떠나야 하는 사람은 내가 아니라 너여야 했을지도 몰라. 나는 분명 오늘처럼 한계가 오면 깊은 고민 없이, 심지어 너와 의논도 없이 꼬맹이를 죽이게 될지도 몰라. 변명만 길게 써놨지만 나는 도망가는 거다.

동생아, 나는 집으로 돌아오지 않아.

그러나 이 편지를 쓰는 지금도 우리는 다시 만날 수 있을 거라는 강한 예감이 드는구나.

부디 그때는 서로 마주 보고 웃을 수 있기를 바라.

살아가는 동안 행복하고, 아프지 않기를.

박주형 씀

3.

오빠의 편지를 펼친 채로 집을 나왔다. 그 고리타분한 곰
탱이가 찬란한 것을 찾으러 떠났다니, 나도 질 수 없었다.

나는 이엔을 따라가기로 했다. 굳이 집에 있어야 할 이유
도 없어졌다. 이엔의 상처가 낫는 동안 나는 주민센터에서
새로운 장비를 받아 왔다. 간편식은 받지 않았다. 간편식은
민증만 가지고 다닌다면 어느 주민센터에서든 넉넉히 받을
수 있었다. 가방에 넣고 남은 간편식은 아파트 입구에 두었
다. 나와 이엔이 나갈 때까지 미숫가루 맛과 두유 맛 간편식
을 가지고 간 사람은 없었다.

이엔은 내가 꽹과리를 칠 줄 안다는 사실에 꽤 고무되었
다. 타르 같은 어둠 속에서 시끄럽게 굴어봐야 듣는 이도 없
고, 화난 사람이 쫓아오려고 해도 짙은 어둠 속에서는 우리
를 찾지 못할 테니 나는 거리낌 없이 인사굿 장단을 두드리

기 시작했다.

"지금부터 박주연의 콘서트를 시작합니다!"

홀가분하게 슬픈 공간을 떠날 수 있게 되다니, 꽹과리를 칠 때마다 나의 해방이 실감됐다. 나는 '길군악'을 치며 이엔을 우리 동네 부두로 데리고 갔다. 바닷소리를 듣고 싶어서 연주를 멈췄다. 이엔은 헤드랜턴의 빛을 최대치로 키웠다. 새카만 물결이 일렁이며 빛을 집어삼켰다.

"여기는…… 아직 내가 알지 못하는 세계네."

"바다는 왜 찾아다니는 거야?"

"낯선 바다를 지나가면 잊었던 기억이 살아나. 그래서 세상이 이렇게 되고 나서 계속해서, 끝없이 바다를 돌아다녔어."

"잃어버린 기억은 많이 찾았어?"

"……응. 이 지진, 느껴져?"

이엔의 말을 듣고 세상의 흔들림에 집중했다.

"요즘 지진이 자주 일어나지 않아?"

"그렇지. 그런데 지진은 내가 어렸을 때부터 종종 일어났었어."

"이 세계의 지진은 모두 우리 집안사람들이 세계를 갱신할 때 일어나는 거야."

"세계를 갱신한다는 게 뭐야?"

"내가 떠나온 곳은 이승과 저승의 중간에 있거든. 아주 긴 시간 동안 우리 집안사람들이 세계를 보수해 왔어. 세계에 생겨난 버그를 수정할 때마다 이렇게 땅이 흔들리는 거야."

만약 내가 이유도 모르는 짙은 어둠 속에서 4년간 살지 않았더라면 이엔의 말을 듣자마자 실실 기어 나오는 조소를 참지 못했을 것이다. 세상을 고사시키는 어둠은 비대한 자의식도 말려 죽였다. 죽지 못하는 컴컴한 세계에서 4년 정도 살다 보면 차라리 나와는 상관없는 초월적 존재의 변덕으로 이 불합리한 상황에 빠지게 되었다고 생각하는 게 차라리 편했다.

"너희들의 언어로는 '먼 조상'이라고 하지. 나의 먼 조상은 이승과 저승을 포괄하는 이 세계의 진실을 알게 되었어."

"그게 무엇인지 말해줄 수 있어?"

"······아직은 때가 아니야. 다만 나는 그런 역할을 했던 세상에서 왔다는 것만 알아줘."

이엔은 부둣가에 주저앉은 채 나를 바라보았다. 어둠 속에서도 눈동자에 빛이 감돌았다. 여전히 나와 거리를 두고 싶어 하면서도 긴 시간 외로운 순례에 지친 눈빛이었다.

"······그래."

"어디로 가고 싶어?"

"모르겠어. 내가 떠내려온 바다가 이 세계의 바다가 아니라면 나는 어떻게 그곳으로 가야 할까?"

"여기서 세 시간쯤 걸으면 대학교가 하나 있어. 대학 도서
관에는 자료도 많고 논문도 열람할 수 있으니까, 그쪽으로
가면서 생각해 보는 건 어때?"

언젠가 정부에서 문화생활에 쓰라고 카드를 주었다. 오빠
는 카드를 받자마자 어디서 음반하고 영화 DVD를 잔뜩 구
해 왔는데, 나는 집에서 제일 가까운 대학교 도서관을 5년
동안 이용한다고 신청했었다. 당연히 그곳에 가지는 않았다.

"바다가 아닌 다른 목적지로 가보는 건 처음이야. 그곳에
는 잡지나 신문도 있어?"

이엔은 상기된 목소리로 내게 물었다.

"꾸준히 배송되었다면 있겠지? 나도 어두워진 이후에 도
서관에 가는 건 처음이야."

우리는 부두의 어둠을 헤치고 나가 다시 대로변으로 나왔
다. 내 헤드랜턴이 비춘 곳에는 체인이 엉킨 자전거가 놓여
있었다.

"너, 자전거 탈 줄 알아?"

"아니?"

죽지는 않지만 피로와 욕구는 그대로 느끼는 몸뚱이로 떠
나는 기약 없는 여행이다. 이엔은 해안선을 따라 올라왔고,
여기는 반도였다. 앞으로 우리는 어쩌면 휴전선 너머에 있

는 바다까지 갈지도 모른다. 도착지 없는 여행을 두 다리만 가지고 떠나고 싶지 않았다. 우리에게는 자전거라는 좋은 문물이 있었다.

"이참에 배워볼래?"

"좋아."

망가지지 않은 자전거들은 아파트에 있었다. 하지만 우리는 아파트로 돌아가지 않았다. 그곳으로 가면 다시 나올 수 없다는 것을, 어째서인지 나도 이엔도 알고 있었으니까.

우리는 도서관으로 가다 말고 강원도로 방향을 틀었다. 누군가 버리고 간 자전거를 주웠기 때문이다. 우리는 휴게소에 들를 때마다 휴식을 취했고 전기를 충전했다. 휴게소에서 수돗물을 마시고 평평한 바닥에 누워 캄캄한 하늘을 보며 한쪽이 까무룩 잠들 때까지 이야기했다.

하늘을 보며 별과 달을 상상해 보려 해도 아는 별자리가 없었다. 이엔이 하늘로 손전등 빛을 쏘았다. 이것은 북두칠성, 여기에는 북극성이 있고, 이건 금성이야. 내가 살던 곳은 별이 잘 보였어. 계절마다 별자리가 달라지는 건 아직도 신기해.

높이조차 아득한 어둠 속을 올려다보며, 별자리를 그려주던 이엔에게, 문득 나는 하나의 가설을 던졌다.

이엔은 세계의 중심에서 왔고, 그곳을 찾고 있다. 우리 세계는 구에 가까운 입체다.

죽지 못하는 세상이니까 알 수 있다. 이승과 저승을 나누는 경계선은 오로지 우리가 죽는 순간에 그어진다. 오로지 시간만이 삶과 죽음의 경계를 가른다. 그러니까 이승과 저승의 경계선이 '어디'일 수는 없다.

이엔이 반박했다. 어느 곳이든 시간에 따라 경계가 나뉘어질 수 있다면, 나는 어디에 살았던 것이고, 그곳의 바다와 모래사장은 무엇이냐고.

나는 대답했다. 이엔의 말에 따르면 이승과 저승은 중첩된 공간이다. 이엔은 이 세계의 특수한 존재로, 평범한 존재인 내게 인식되지 않는 공간에 있다가 그날의 사고로 이 세계로 온 것이 아니냐고.

이어서 나는 하나의 가능성을 제시했다. 만약 이엔이 내가 알지 못하는 세계에서 온 것이라면, 이엔의 세계와 나의 세계는 모종의 이유로 합쳐진 것이 아닐까, 하고.

"……어쩌면 그것이 정답일지도."

이엔이 나지막이 이야기했다.

"정답이라고?"

"내가 살던 섬은 이승과 저승에 경계에 있었지. 나는 이승의 인간이면서 저승의 인간인 거야. 그러니까 두 세계 중 하나만 남는 순간, 나는 남은 세계로 떠밀려 온 거고."

이제는 새삼스럽지도 않았다. 내가 겪고 있는 일은 진짜였다. 어느 날 모든 존재는 죽지 못하게 되었다. 죽음의 세계가 사라졌으니 죽음이라는 개념도 증발하는 게 당연했다.

불온한 가설이 머리에 맴돈다. 어떤 존재도 죽을 수 없다면, 새로운 생명도 태어날 수 없는 것인가?

수없이 뻗은 생각의 가지를 하나씩 정리해 간다. 잔가지를 쳐낼수록 불안할 정도로 명료한 답에 닿고 있었다.

오래전부터 우리는 다양한 저승의 모습을 상상해 왔다. 천국이 있고, 극락이 있고, 지은 죄에 따라 벌을 받는 지옥이 있고, 연옥이 있고. 세계가 상상하는 사후세계가 이토록 다양한 까닭은 그 모든 것이 정답이기 때문이 아니라 누구도 죽음을 경험해 보지 못했기 때문이다.

살아 있는 자는 죽음을 알지 못한다. 저승은 사자가 머무는 공간이 있기를, 그리고 언젠가 그를 만나기를 바라는 남은 자의 염원이 만들어낸, 지극히 살아 있는 자의 상상만으로 이루어진 공간이다.

이엔은 말했다. 세상에는 이승이 있고 저승이 있으며 자기 집안은 그 경계에서 세계를 갱신하는 역할을 했다고. 놀랍게도 여기까지는 내 이해의 범주 안에 속한다.

문제는 이제 시작이다. 저승이라는 공간이 사라졌다. 그리하여 이 세계에서 소멸한 것은 죽음의 영역, 혹은 죽음이

라는 개념이다. 그 결과로 이 세계의 모든 존재는 죽지 않게
되었다. 그러나 어째서 새로운 존재는 태어나지 않는가?

나는 답을 안다. 그 답이 이 모든 상황을 깔끔하게 정리한
다. 이토록 명확하기에, 나는 무서웠다.

"이엔, 너는 우리 세계가 어떤 곳인지 알고 있었구나."

나를 바라보는 이엔의 눈동자가 새파랗게 빛났다. 그의
시선을 따라 새카만 하늘을 올려다보았다. 그곳에 하늘은
없었고 우리는 세계를 짓누르는 어둠의 밑바닥에 서 있다는
것만 인식했을 뿐이다.

"나는 이 어둠 너머가 보여. 그 너머 존재들의 목소리가
들려."

"그 언어를 이해해?"

"저들과 우리는 살아가는 시간이 달라. 너희 집에서 들었
던 음악을 아주 느리게 연주하는 것 같아."

이엔의 눈동자가 보라색으로 변했다. 옅은 빛을 내는 그
눈동자는 분명 무엇인가를 담고 있었다. 그러나 나는 이엔
이 무엇을 보고 있는지 알지 못한다.

"나는 그동안 많은 개체를 이 세계에서 영원히 지워왔어.
그 순간은 이 세계를 만든 자들이 관찰하고자 했던 것이기
도 해."

나는 4년 동안 어둠 속에서 죽지 못하는 존재들을 마주하

며 살아왔다. 그동안 자고 일어나면 해가 뜰 것이라는 미약한 희망이, 침대 위에서 잘 수 있으니 다행이라고 말하는 체념으로 바뀌었다. 할머니는 사람으로 죽지 못했고 나는 사랑했던 꼬맹이의 죽음을 슬퍼하지 못했다.

"이 세계는 존재의 영구적인 소멸을 관찰하기 위해 만들어졌어. 그러나 경계의 존재인 내가 생의 공간으로 밀려오면서, 바깥 세상은 예상치 못한 방식으로 세계의 목적을 이루었어."

이 어둠 속에서, 지금도 나는 묻는다.

차라리 설명 가능한 재앙을 겪었더라면, 원인과 결과가 명확했더라면 이토록 절망했을까? 방사능 낙진이 내리는 폐허에서 살아가고, 기후위기를 막지 못해 서서히 황폐해지는 대지에서 살아가고, 전염병이 돌아 다른 사람과 유대를 잃으며 살아갔더라면 나는 이엔의 말을 믿었을까?

"바깥에서 우리 세계를 이대로 두지 않을 거야. 저들이 우리 세계를 없애기 전에, 나는 내 역할을 수행해야 해."

삶과 죽음 간 순환을 염두에 두고 만들어진 세계라면 당연히 산 자의 영역과 죽은 자의 영역은 분리된 동시에 이어져 있어야 했다. 살아 있는 존재가 시간이 흐르면 죽듯, 죽은 존재 역시 시간이 흐르면 새로운 삶을 시작한다. 그 흐름을 만드는 중요한 축이 소멸했으니 세계가 멈출 수밖에 없다.

"주연아, 우리는 바다로 가야 해."

바다로 간들 우리가 무엇을 할 수 있단 말인가. 그러나 이
엔이 뿜는 기묘한 생기는 나의 체념에 억지로 동력을 불어
넣었다.

우리는 페달을 밟았다. 지도 앱을 켜놓은 내 핸드폰이 방
전될 때까지 우리 사이에 어떤 대화도 오가지 않았다. 멀리
서 바다 냄새가 났다. 사라진 것은 있을지언정 세상은 멈추
지 않았다는 듯, 파도 소리가 선명했다.

나는 살아 있다. 어떤 감각은 아무리 오랜 시간이 지났어
도 생생하게 느낄 수 있다. 그런데, 내 존재가 가짜고, 이 세
계까지 가짜였다고? 그러면 내가 겪었던 고통은? 산 채로
불탄 할머니는? 유골함을 안고 일주일 동안 아무것도 못 먹
은 우리 아빠는? 엄마마저 집어삼킨 외할머니의 절박했던
울부짖음은? 오빠의 분열과 나의 선택으로 죽은 꼬맹이의
고통은 아무 의미가 없었다고?

나는 모래사장에 자전거를 집어 던지고 울음을 토해냈다.

삶이 무의미할 수는 있다. 누구도 알지 못하는 죽음도 있
다. 처음과 끝이 한없이 가볍고 가치 없을지라도 끝까지 살
아간 그 궤적이, 기억이 의미 없다니. 그 사람이 생전에 맺었
던 관계도, 감정도, 절망도 아무 가치가 없다니.

"네가 떠나온 곳은 다른 차원에 있는데, 돌아갈 수도 없는

데, 어차피 밖에서 삭제하고 다시 시작하면 우리는 사라질 건데. 우리는 대체 왜 여기까지 온 거야."

이엔은 신발을 벗었다. 그는 파도 거품이 이는 모래사장까지 걸어갔다. 파도가 이엔의 발을 삼켰다가 되레 뒤로 달아났다. 다음 파도는 이엔의 발에 닿지 않았다.

"내가 기억도 온전하지 못한 상태에서 바다만 찾은 이유가 무엇일까. 네가 바다를 보여줄 때 알았어. 바다는 내가 서 있는 곳에서 전혀 다른 곳으로 갈 수 있는 공간이었던 거지."

"네가 이 상황을 해결해 버리면, 그래서 너도 나도 이 세계에서 흔적도 없이 지워져 버리면 그게 무슨 의미야?"

"이 세계가 데이터에 불과할지라도, 우리는 어떻게 살아갈지 선택할 수 있어."

나는 이엔을 말리지 못했다. 이엔은 내 뺨에서 흐르는 눈물을 닦아주었다. 바다 너머 하늘빛이 달라졌다. 새카만 어둠에서 보라색으로 약동하는 새벽빛이 4년 동안 세상을 덮었던 암흑을 몰아낸다.

"태양이 떠오르면 우리는 사라질 거야. 사람들도 없어질 거고, 이 모래사장도 바다도 없어지고 다시 시작하는 거야. 그런데 다시 시작하는 지점은 0이 아니라 1이야."

"그게 무슨 상관인데, 어차피 세상은 사라지고 우리는 모두 죽을 텐데, 무슨 의미가 있냐고."

"우리는 다시 만나게 될 거야. 다른 이름으로, 다른 모습으로라도, 이 삶을 새 시대의 우리가 기억하지 못할지라도. 수많은 세계에서 우리는 수없이 마주칠 거야. 우리가 그러길 바라니까."

빌어먹을, 4년을 어둠 속에 살다가 빛을 보니 이토록 아름다울 수가 없었다. 나는 우는 와중에도 그리운 색채와 섞여가는 이엔에게서 눈을 뗄 수 없었다.

"주연아, 우리의 삶이 비록 데이터에 불과할지라도, 어쩌면 데이터라서."

그가 오랜 시간 쥐고 다닌 석장이 물 위에 우뚝 섰다. 세계가 매섭게 흔들리기 시작했다.

"우리는 반드시 다시 만나게 될 거야."

세계도, 이엔도, 나도 사라지고 있었다. 4년 만에 보는 하늘빛도, 모래사장을 긁던 파도 소리도 해체된다. 나는 상냥한 멸망을 받아들이며 눈을 감았다. 이엔이 두 손을 나의 뺨에 대고 이마를 톡 부딪쳐 왔다. 나는 사라지고 있는 게 분명한데도 이엔의 온기를 느꼈다.

"먼저 가서 기다릴게."

그 말은 내게 닿은 이엔의 마지막 마음이었다.

컬러풀 루덴스

"오늘의 학교 이야기는 구십육프로부족한 님이 보내주셨습니다!"

스쿠터 프레임에 청테이프로 칭칭 감긴 휴대용 라디오가 동네를 깨운다. 처음에는 클래식 채널만 틀고 다녔는데, 매일 첫 번째로 들르는 신경자 어르신께서 아침부터 기운 빠진다고 하여 사람들 사는 이야기를 듣게 되었다. 라디오는 예전 방송을 쉬지 않고 송출한다.

"오늘은 성적이 나왔어요."

배달을 시작하기 전 라디오를 크게 틀고 요란스레 동네를 한 바퀴 돈다. 배달부의 출근을 온 동네에 알리는 의식이다.

간편식과 건전지, 종합영양제 3일 치를 집집마다 나누어 준다. 가끔 어느 집으로 무엇을 배달해 달라, 다른 지역의 누구에게 전해달라고 주는 물건들도 잘 처리된 것처럼 위장하는 것까지 나의 일이다. 집에 들른 김에 신청 물품 리스트를 받아 오는 것도 잊으면 안 된다.

오늘도 가장 먼저 나를 반기는 신경자 여사께서 모닝빵 맛 간편식을 먹고 싶다고 했다. 여력이 될지는 모르겠지만 일단은 적어서 나왔다. 그새 라디오 사연이 끝나고 신청곡이 재생되고 있었다.

"♬♩"

"얘네 언제 데뷔했더라?"

9년 전에 발표된 한 걸그룹의 데뷔곡이었다. 나는 노래를 흥얼거리며 몸을 꿈틀거렸다. 고2 때 친구들하고 점심시간에 장난으로 그 춤을 추다 축제 때 무대까지 오른 기억이 아직도 남아 있는데. 같이 춤춘 녀석들은 각기 다른 대학으로 갈라지고, 군대까지 다녀오며 뿔뿔이 흩어져 지금은 연락처조차 남아 있지 않다.

"그놈들은 뭐 하고 있으려나."

벌써 몇 년째인가.

피곤하면 잠에 든다. 그리고 일어날 시간에 맞추어 일어나지 않는다. 자고, 자고, 자고, 배고프면 일어나고, 자고, 자고, 방광이 터질 것 같으니까 일어나고, 자고, 자고, 강아지 돌봐야 하니까 일어나고, 자고, 자고, 자고.

습관이 무너지는 건 딱 이틀이면 된다. 평생의 습관이 처음으로 어긋난 날, 그리고 습관을 되돌리지 않기로 마음먹은 날.

지금은 피곤하면 자고 알람이 들리면 일어난다. 깨어 있는 동안에는 배달 일을 하고 주민센터 일을 돕는다. 이렇게 간단하고 싱거운 일이 내가 어둠 속에 가라앉으며 잃었던 삶이다.

"윤수야, 라디오가 안 나와."

박 영감님은 요즘 말문이 트였다. 나는 윤수가 아니라 주형이지만 아무렴 어떤가. 완고하게 입 꽉 다물고 있는 것보다는 낫지.

"약이 떨어졌네. 아버지, 건전지 어딨어요? 여기 있나?"

영감님은 또 입을 다문다. TV 서랍장을 뒤져 건전지를 교체했다. 귀청이 떨어질 정도로 큰 소리가 들렸다.

"나, 테이프 듣고 싶어."

"누구 테이프?"

이 시대에 카세트테이프라니, 구할 수 있을까 생각하며 박 영감님이 듣고 싶어 하는 트로트 가수 이름을 리스트에 적었다.

열 집 정도 들르니 신청 물품 리스트가 거의 채워졌다. 체념 속에 잠만 자던 사람이 하다못해 검은콩두유 맛 간편식이라도 먹고 싶다고 하면 괜히 내가 다 기쁘다.

무기력에서 벗어나는 건 간단했다. 일어나서, 따뜻한 물로 몸을 씻고, 깨끗한 옷을 입고, 원하는 것을 생각하고, 그것을 얻으려고 행동하면 된다. 때로는 무기력에 질 때도 있겠지만, 어쩌면 훨씬 더 많겠지만, 점액처럼 끈적이는 무기력을 조금이라도 닦아내야 한다. 이 세계에서 무기력은 죽음과 같으니까.

우리 세계에는 바람이 불지 않는다. 오로지 먼 곳에서 오는 듯한 땅의 울림뿐. 새의 지저귐이 멈춰 계절의 변화도 느낄 수 없다. 죽음도 탄생도 멈춰버린 기묘한 어둠에 많은 사람이 취했다. 감각까지 말라붙는 세계에서 우리를 만족시키는 건 무기력뿐이었다. 그만큼 달콤하고 아늑한 수렁이 어디 있을까. 죽을 수 없다 해도 죽음을 모르는 인간은 없다. 무기력은 죽음의 감각이다. 그 감각에 익숙해진 인간은 깊은 마취에서 깨어나지 못하게 된다.

"안녕하세요, 강연수 씨."

오늘의 초대 손님은 강연수, 한 오디션 프로그램에서 준우승한 가수였다. 맑고 또렷한 발성이 특징인 싱어송라이터로, 언제나 같은 벙거지 모자를 쓰고 다니는 소탈한 사람이었다.

"신곡 못 들은 지도 꽤 됐네."

화려한 의상을 입고, 강렬한 조명을 받으며, 소품들이 유려하게 설치된 공간에서 뮤직비디오를 만들어 다국적 기업의 동영상 스트리밍 사이트에 올린다. 음원 파일은 거대한 데이터센터를 소유한 음악 스트리밍 사이트에서 언제까지고 몇 번이고 재생된다. 서버 기기의 열기를 식히기 위해 겨울에도 에어컨을 튼다. 우리의 문화는 자원이 무한하다는 가정 위에 세워진 젠가였다. 반드시 무너지는 블록 빼기 놀이 말이다.

"강연수 노래, 더 듣고 싶었는데."

백야 2년째에 접어들자 글로벌 기업뿐 아니라 국내 기업의 블로그 서비스와 검색엔진 서버도 닫혔다. 개인 서버를 운영하려면 자경단의 처벌을 각오해야 했다. 종이와 필기구가 남아도는데, 뒤통수 깨질 위험을 무릅쓰고 인터넷 기록을 고집할 필요는 없었다. 즐길 것이 없어 삶이 각박해진 것 같을 때, 나는 어설픈 피아노 연주가 들려오는 빌라 근처에서 잠시 쉬어간다.

강연수가 준결승전에서 불렀던 노래가 라디오에서 흘러나왔다. 나는 이제 이 동네 꼭대기에 위치한 빌라로 올라간다. 비교적 젊은 사람들이 살던 이 빌라의 주민들은 모두 집을 떠나 지금은 가장 높은 층에 한 가구만 거주했다. 이쯤 비었으면 좀 낮은 곳으로 옮기지. 502호 주인은 공무원이 찾아

와도 없는 척하는 주제에 필요한 게 생기면 문 앞에 쪽지를 두었다. 내가 이 사람에 대해 아는 건 이요나라는 이름과 커피 맛 간편식을 좋아한다는 것뿐이다.

지원품 상자를 들고 5층까지 쉬지 않고 올랐더니 숨이 찼다. 잠시 상자를 내려놓고 숨을 가다듬는데, 그 소리를 기다렸다는 듯 502호의 현관문이 열렸다.

"왁!"

"악!"

나는 문이 갑자기 열려 놀랐고, 그 여자는 내 비명에 놀란 모양이었다.

"매일 오는 배달 아저씨 맞죠?"

"네. 커피 맛 간편식, 비타민D 3일 치, 그리고 요청하신 정수기 필터와 몬트컵 라지 사이즈 갖고 왔습니다. 이요나 씨 본인 맞죠?"

"혹시 생필품 말고 다른 것도 신청할 수 있나요. 저 엄청나게 급한 일이 생겨서."

그 여자는 현관문 밖으로 얼굴만 내밀었다. 이 동네 사람 중에서도 손에 꼽힐 만큼 얼굴에 핏기가 없었다.

"주민센터 선에서 가능한 물품은 최대한 구해드려요."

"……삼국지가 필요해요. 만화면 더 좋고요."

"삼국지요?"

"네. 그리고 중국 복식이나 관련 자료가 필요하고요."

나는 리스트를 벽에 대고 일단 받아 적었다.

"만화용 A4 종이, 연필과 연필깎이, 없으면 커터 칼도 괜찮아요. 아! 지우개도! 또 붓펜하고 볼펜도 있어야 하고, 물감도요. 색연필이라도 좋아요. 주민센터에서 스캔 뜰 수 있나요?"

"만화 그리세요?"

백야가 시작된 지 3년 반 만에 국가포털에 '십오야' 카테고리가 만들어졌다. 보름에 한 편씩 만화, 작가 인터뷰, 가수 라이브 영상이 올라왔다. 특히 만화는 웹툰 서비스가 잇달아 종료되면서 백수가 된 거의 모든 작가들이 삼국지를 한 회씩 이어 그리는 형식이라 많은 관심을 받았다.

"아저씨, BL 알아요? 보이즈 러브Boy's Love를 줄인 건데…….

그렇게 시작된 요나 씨의 하소연은 한 시간 가까이 이어졌다. 너무 오랜만에 사람을 봐서 입이 터진 모양이었다. 배달부 일을 꾸준히 하다 보면 사람들은 나에게 경계를 풀었다. 다들 한참 동안 요나 씨처럼 두서없이 이야기를 늘어놓았다. 내게는 익숙한 상황이었다.

"아 씨, 어디서부터 말해야 돼……. 저 지금 2년 만에 사람하고 말하는 거라서요, 하여간 저는 BL 작가인데요."

본인의 소개대로, 이요나 씨는 BL 웹툰을 연재하던 작가였다. 플랫폼이 서버 유지를 포기하면서 그간 그린 모든 게 무위로 돌아갔다고 한다. 햇빛도 없는 세상에 작품까지 날아가니 깊은 좌절감에 빠져 3개월 동안 아무것도 못 하고 누워만 있었다고.

석 달 하고도 이틀이 지난 날, 요나 씨는 간편식을 먹다가 사레에 걸렸다고 한다. 기침하고 토하다 갑자기 억울하고 분해서 한참 울며 손에 닿는 것을 모두 집어 던지고 부수었다. 그 감정이 식고 요나 씨는 확신을 얻었다. 사람은 앞으로도 죽지 못하고 다시는 태양이 뜨지 않을 것이라고. 요나 씨는 그 어느 때보다 강렬하게 생의 강요를 느끼며 작품을 처음부터 그리기 시작했다.

몇 개월 전에 요나 씨는 자기 작품을 완결 지었다. 그즈음 국가포털에서 제안이 왔다. 포털에서 웹툰 서비스를 실시하려고 하는데, 자원이 부족해 여러 명의 작가를 모아 삼국지를 한 편씩 연재하고자 한다고. 요나 씨는 삼국지를 전혀 읽어보지 않았지만 기회를 놓치고 싶지 않아 대뜸 일을 수락했다.

문제는 국내외 기업 모두 검색 엔진 운영을 포기하면서 자료를 얻을 수 있는 곳이 없어졌다는 것이다. 영상 스트리밍 사이트도 폐쇄해서 드라마로도 볼 수 없었다. 도서관은

도보로 한 시간이나 걸려 헤드랜턴 불빛만으로 그곳까지 갈 용기도 없었다.

　요나 씨는 자기 상황을 비관하며 끝없이 중얼거렸다. 자신이 첫 펑크를 내는 작가가 될 거라느니, 모든 캐릭터를 알몸으로는 그릴 수 없지 않냐고 하다가, 고개를 저으며 차라리 그게 나을 거라고 말했다.

　"일단 진정하시고요. 마감은 언제죠?"

　"열흘 남았어요."

　"맡은 부분은 어디에요?"

　"하비성 전투부터 여포 처형까지요."

　"삼국지는 안 읽어보신 거고요."

　"네. 캐릭터 디자인도 제가 해야 해요. 삼국지는 어차피 인물이 많이 나오니까 그림체가 달라져도 인물 밑에 이름표를 붙여주면 다 이해할 거래요."

　그 말도 맞는 말이었다. 한국의 거의 모든 만화가가 참여한 만큼 매화 작풍이 드라마틱하게 바뀌어 이름표가 없으면 인물을 구분하기 힘들었다. 그래도 이름표만 성실히 붙여놓으면 다들 그럭저럭 넘어갔다. 그런 일에 시비 걸 정도로 기운이 남아도는 사람은 이 나라에 없었다.

　"그냥 도서관을 갈까요? 삼국지 판본별로 다 읽고 나서 기가 막힌 재해석을……. 아니, 그걸 어떻게 들고 와……. 기본이 열 권이라는데…….”

요나 씨의 하소연을 한 시간 반 정도 더 듣다가 겨우 주민
센터로 돌아왔다. 다연 씨가 주민센터 앞에서 담배를 피우
고 있었다.

“평소보다 늦었네요?”

이런 혼곤한 어둠 속에서도 손목시계를 차고 다니는 다연
씨는 내가 이곳에 오기 전부터 이 동네 공무원이었다. 대학
을 가지 않고 스물한 살에 공시를 통과한 똘망똘망한 사회
초년생으로, 이 동네에 발령받은 지 3개월 만에 이 난리를
마주한 자타공인 불행의 요정이었다. 사회 초년생이 그렇듯
이제까지 해온 게 아쉬워 탈출하지 못하다가 입사 동기와
단둘이 남아 주민센터를 꾸려가게 되었다.

“세영빌라 502호 주민분을 만났어요.”

“……아, 그 사람.”

“네. 그분 하소연 들어주느라요.”

“그런 거 너무 들어주지 마요. 자기 감정 가다듬기도 벅찬
시대잖아요.”

공무원이 되자마자 재난에 휘말린 주민센터 민원팀 막
내……. 상상만 해도 지옥 밑바닥이다.

정웅 씨가 입버릇처럼 말하는 장면을 상상해 본다. 지금
이야 사람들이 체념해 ‘진짜 문제’가 생겨도 주민센터에 오

지 않지만 초반부에는 정말 무시무시했다고.

모든 인간이 악성 민원인이 되어버린 수라도에서, 민원팀 막내는 5개월 차로 접어드는 날 갑자기 괴성을 질렀다. 상스러운 욕과 함께 옆에 있던 사무용 전화기로 그중 제일 가는 악성 민원인의 머리를 쳤다. 그곳에 모인 모든 인간의 히스테리를 모은 듯한 광기로, 기어이 악성 민원인의 머리통을 깨버렸다고 한다.

"다음부터는 중간에 잘 끊어볼게요."

나는 건물 안으로 들어왔다. 행정 업무를 맡은 정웅 씨가 헤드랜턴을 켜고 펜으로 표를 그리고 있었다.

"정웅 씨!"

"악!"

볼펜이 삐끗하자 정웅 씨가 울상을 지었다.

"오늘 업무 끝나셨어요?"

"네."

나는 주민들의 신청 물품 리스트와 502호의 이요나 씨에 대한 이야기를 전했다.

"박경문 어르신은 개인 라디오를 쓰나요?"

"네."

"제가 언젠가 술에 취해 전철에서 트로트 백 곡 들어간 USB를 샀거든요. 그 가수 노래도 있어요. 전기 들어오는 시간에 다른 USB에 복제해 놓을 테니까, 일단은 그것을 드려 보죠."

정웅 씨는 수기로 서류를 만들어본 적이 없어, 주민센터에 남은 옛날 문서를 옆에 두고 새로운 문서를 작성했다. 손재주가 없어 아직도 어설픈 모양새로만 만들어졌다. 매일 수기로 만든 기안문을 보면서 옛날 분들은 어떻게 이런 걸 손으로 만든 거냐고, 다들 인간 흥글이었다고 혀를 내두르는 게 귀여웠다.

"그리고 세영빌라 502호, 일단 문을 열고 나왔다고 하니 다행이네요. 사고 치기 전에 갑자기 밝아진 게 아니기를 빌어요."

"그분하고 이야기를 해봤는데, 나름대로 성실하게 버텨오셨더라고요."

"연필, 연필깎이, 볼펜, 붓펜, 지우개…… 주민센터에 항상 있는 것들이니 문제는 안 되는데."

그는 까탈스러운 요청을 받으면 눈썹을 높이 드는 습관이 있었다. 지금도 정웅 씨의 눈썹이 상당히 올라가 있었다.

"A4는 우리도 부족한 판인데, 만화용은 또 뭐죠? 그리고 색연필하고 물감? 이분, 만화가인가요?"

"뭐야, 뭐야? 누가 이상한 거 신청했어?"

다연 씨가 담배를 다 피우고 안으로 들어왔다.

"어, 만화 용지."

"세영빌라 502호?"

"응."

"그분이 웹툰 작가래요."

"장르는?"

"BL을 그렸었는데, 플랫폼이 문을 닫았대요."

다연 씨가 평소보다 상기된 채 물어봤다.

"필명은 알아요? 작품 이름은?"

"〈화이트 모놀로그〉요."

"초롱아귀 작가님이 우리 동네 주민이라고?"

"나는 처음 듣는데."

"그분은…… 신이야."

다연 씨는 정웅 씨에게 BL 장르의 역사와, 초롱아귀 작가가 얼마나 위대한 작가인지, 그리고 〈화이트 모놀로그〉가 얼마나 마음 시린 이야기인지 설파했다.

"나도 도울래! 나 면허도 1종이라고!"

"너는 민원 업무 해야지. 여기, 모닝빵 맛 간편식을 드시고 싶은 분이 있다네."

두 사람은 월급 대신 간편식과 담배 몇 보루를 받는다고 했다. 담배나 술도 초반에나 암시장에서 화폐였지, 지금은 차라리 자기가 피우고 마시는 게 이득이었다. 이곳에 오래 있어봤자 책임만 지게 될 텐데 이들은 왜 부도 명예도 남지 않는 이곳에 남아 있을까.

"작가님이 왜 화구를 찾지?"

"국가포털에서 삼국지 연재하신대요. 삼국지 책도 필요하다던데."

"우리 동은 아니라서 여태 있을지는 모르겠는데."

다연 씨는 여태 작동되는 게 신기한, 액정이 깨진 핸드폰을 꺼내 무엇인가를 입력했다.

"여기, 우리 구 청소년 수련관이거든요? 여기서 중학생들 대상으로 일러스트 그리기 강의를 했었어요."

"그거 전단도 있을 텐데."

펜으로 서류 양식을 예쁘게 다듬는 데 집중하던 정웅 씨가 벌떡 일어났다. 그는 잔뜩 쌓인 상자 더미에서 반질반질한 전단을 꺼내 줬다. 일러스트 수업은 3층, 별빛마당에서 열렸었다.

"거기에 뭐가 남아 있긴 할까요?"

"색연필하고 물감은 못 먹잖아요. 아, 종이는 공무원들이 털어가긴 했겠다."

"종이가 있을 거라고?"

종이가 넉넉하지 않아 스트레스가 이만저만이 아닌 정웅 씨가 큰 목소리로 물었다.

"털렸을 거라니까?"

"연양구에서 우리만 성실한 걸 수도 있잖아!"

"여기, 그동안 다른 동네 사람 온 적 없잖아."

"어……?"

"그렇지? 의외로 사람들 착하고 성실하고 멍청하다니까."

주민센터 밖에서 스쿠터에 시동을 거는데 둘의 대화가 여전히 들렸다. 서로의 존재를 확인하고 싶은 듯, 두 사람은 가까이 붙어 있는데도 항상 큰 목소리로 말했다.

"주형 씨! 종이 무리해서 찾지 말고, 일단 502호 작가님한테 화구만 먼저 전해주세요."

정웅 씨가 말한 저리 해도 깨끗한 A4 용지 한 묶음만 찾아도 좋아할 사람이었다. 좋은 사람들에게 꼭 선물을 안겨줄 거라고 다짐하며 스쿠터에 시동을 걸었다.

청소년 수련관도 멀쩡하지는 않았다. 누군가의 아지트인 것처럼 입구부터 담배꽁초들이 즐비했다. 한편으로는 다행스러웠다. 목적이 좋지 않더라도 누군가는 방에서 나와 무리를 이루고 관계를 맺는다는 의미였으니까.

1층 로비에 불 꺼진 자판기가 있었다. 나와 같은 생각을 한 사람들이 자판기 아래를 걸어찬 흔적이 보였다. 괜히 뭐라도 나올까 싶어 나도 걸어차 보았다.

……캔 콜라를 기대했지만 나오는 것은 없었다.

이미 여러 명이 다녀간 곳이었다. 나는 층별 안내도를 보았다. 건물은 총 3층이었다. 1층은 북카페와 강당, 댄스 연습실이 있었고, 2층은 동아리 모임방, 놀이 공간, 프로그램 교실로 운영된 듯했다. 별빛마당은 3층으로, 직원 사무실과 같은 층에 있었다.

설마 문을 잠그고 떠났을까 싶어 조금 불안했지만, 백야가 내린 지 4년이 지났다. 누군가 절박해서, 심심해서, 혹은 내가 상상하지 못할 이유로 문을 부수어놓기에는 충분한 시간이었다.

3층의 별빛마당으로 향했다. 별빛마당의 교실에는 양철통이 덩그러니 놓여 있었다. 그 안에서 불을 피운 흔적을 볼 수 있었다. 부술 수 있는 건 다 부수어 땔감으로 썼던 것 같다.

"오, 팔레트."

아무렴 플라스틱 덩어리는 태우기 애매하지. 열어보니 물감을 짠 적도 없는 새 물건이었다. 팔레트가 떨어져 있던 곳에는 물감 튜브들이 제멋대로 쌓여 있었다. 일일이 색을 구분하기에는 어두워서 집히는 대로 주머니에 넣었다. 붓은 아무래도 먼저 온 괴짜가 전부 태운 모양이었다.

"얼레?"

쓸 만한 물건들을 찾아 들어간 사무실은 놀랄 정도로 깨끗했다. 사무실 구석에 쌓인 A4 상자들도 멀쩡했다. 500매

짜리 한 묶음이 아니라 500매 묶음이 네 개씩 들어간 상자가 대충 세어봐도 일곱 박스는 됐다.

안녕하십니까?

상자 위에는 누군가 이면지를 반 접어 짧은 편지를 써놓았다.

저는 양미동 주민센터에서 일하는 오장식입니다.

젊은 사람 글씨 같지 않았다. 일단 상자 위에 놓인 펜이 볼펜도, 만년필도 아닌 붓펜이었다.

이 종이들은 청소년 수련관의 소유입니다만…….
여기까지 와서 굳이 종이를 찾았다면 분명 피치 못한 상황일 테지요.

어쨌거나 관공서에서는 종이가 계속 필요하다. 우리 주민센터도 종이만큼은 항상 있었는데, 일을 계속하다 보니 그 많던 종이도 점차 줄어들었다. 수습 불가능한 실수를 한 정웅 씨가 얇아진 A4 뭉치를 보며 초조해하는 건 덤이었다.

다연 씨나 정웅 씨나 모두 기운차게 이겨내는 것처럼 보여도 그들 역시 1500일가량 햇빛을 보지 못했다. 그들은 자신의 밑바닥에 발을 딛고 그곳에 남은 추접한 찌꺼기를 마주했기 때문에 살아갈 수 있었다. 살아가기로 마음먹은 이들은 그 마음을 불태워 빛을 밝혔다. 일상을 지키는 모든 사람에게 열심히 사는 이유를 묻는다면 방향만 다를 뿐, 얻은 답은 근본적으로 같다고 확신한다.

우리의 웃음은 이제 살아가는 일밖에 남지 않았다는 절망에서 터져 나온 체념이었다. 사상누각에서 어째서 웃냐고 묻는다면, 글쎄…… 죽상으로 있어봤으니 한 번이라도 웃어는 봐야 할 것 같아서?

우리는 결국 미쳐버렸다. 어떻게든 삶을 색칠해 보겠다는 의지만으로 일상을 지키고 타인을 챙긴다. 그리하여 알록달록한 환상을 품고 살아간다. 이런 세계에서 도저히 더는 살 수 없다고 외치는 마음을 외면한 채.

이 박스에는 500매 묶음이 4개, 총 2000장의 A4 용지가 들어 있습니다.

종이가 부족하긴 해도 소모되는 속도가 빠르지는 않을 테니 필요한 만큼만 집어 가주십시오.

종이에는 오장식 씨가 한 박스를 가지고 갔고, 화송동 주민센터에서 일하는 김민아 씨가 두 박스를 가지고 간다고 적혀 있었다. 나는 한 박스를 뺐고, 한 단 낮아진 상자 위의 종이에 이렇게 적었다.

연월동 주민센터 배달부. 박주형입니다.
박스 하나 가지고 갑니다.

붓펜으로는 도저히 예쁘게 써지지 않아 조금 창피한 악필이 되었다.

밑으로 내려가며 쓸 만한 물건이 있나 뒤져보았지만 손에 넣은 건 누군가 벽에 낙서하고 버리고 간 페인트 브러쉬뿐이었다. 혹시 삼국지라도 있을까 싶어 북카페에 들렀다. 당연한 소리지만 커피는 여전히 인기 있는 기호식품이므로, 먼저 온 사람들이 커피콩 한 알도 남기지 않고 털어갔다.

"있다, 있어."

저명한 작가가 평역하고 우리 부모 세대에서 유명한 만화가가 그린 삼국지 시리즈였다. 어쨌거나 시리즈는 1권부터 읽기 마련이니, 1권은 표지가 많이 닳아 있었다. 많이 낡은 2권과 표지가 붙어 있긴 한 3권을 지나니, 4권부터 7권까지는 읽은 티만 남아 있었다. 8권 이후로는 새 책이었다.

동아시아에 사는 이상 삼국지 조기교육은 피할 수 없지만 아무리 생각해도 이 이야기는 아이에게 읽히기에는 너무 잔인했다. 사람 목 잘리는 게 예삿일이어서가 아니다. 주인공이라 생각했던 인물들이 비참하게 죽어도 도무지 이야기가 끝나지 않아서다. 어린아이가 감당하기에는 너무 큰 슬픔이다.

나도 관우가 죽은 다음부터는 모른다. 장비도 죽었던 것 같은데. 하여간 내 마지막 기억은 제갈량이 꺼진 초를 망연히 보는 장면이다. 주연이는 어릴 때 삼국지를 보고 게임도 찾아서 해보고, 다른 만화책도 사놓으면서 가끔 뭘 끼적였는데, 나는 그날 이후로 딱히 삼국지를 찾아 읽지는 않았다. 지금에야 볼 게 삼국지뿐이니 보름에 한 화씩은 읽지만.

"이번 주에 손견 죽지 않았나? 벌써 여포가 죽는 원고를 받아 간다고?"

아무래도 십오야 서비스 담당자는 중증 인간 불신자인 모양이다. 요령 있게 요나 씨가 그릴 장면만 뽑아 가고 싶었지만 나도 기억이 안 나 열 권을 모두 챙겼다.

"요나 씨! 요나 씨—!"

내 체력을 너무 과대평가했다. 엄청 힘들었다. 나는 3층부터 요나 씨를 불렀다.

"네!"

요나 씨가 내려왔다.

"헉!"

내가 부탁하지 않아도, 요나 씨는 바구니를 대신 들어주었다. 요나 씨가 도와준 덕에 겨우 5층까지 올라갈 수 있었다.

"진짜 뭐든지 배달해 주네요!"

"2층이나 3층 정도로 이사할 생각은 없어요? 문도 다 열려 있는데."

"처음부터 청소를 다시 하라고요?"

그 또한 일리 있는 말이었다. 나는 대답 대신 재킷 주머니에서 물감 튜브를 쏟았다. 요나 씨는 흐린 빛에 기대어서 바로 물감 색을 확인했다.

"그…… 빨간색이 없네요?"

다른 색도 아니고 빨간색이 없다니. 삼국지에 빨간색이 없다니.

"보이는 대로 집어 와서요."

"색연필은요?"

"그건 나무로 만들어져서 사람들이 태워버린 것 같아요."

"불을 땔 날씨도 아닌데요. 건물 옥상에 화구가 있을 리는 없고."

"……그게."

나는 요나 씨에게 청소년 수련관에서 보았던 장면을 이야기해 주었다. 그림 수업이 있던 3층 교실에서 누군가 불을 지핀 흔적이 있었다고.

"굳이 실내에서 불을 피운 이유가 있을까요? 옥상이 바로 위층인데."

"데뷔 초에 돈을 못 벌어서 거기서 1년 정도 초등학생 만화 수업도 병행했거든요."

"초등학생도 거기서 수업을 듣는구나."

"별빛마당은 파스텔톤으로 알록달록해요. 아마 어린아이를 둔 가족이 아이에게 색을 보여주고 싶어 불을 피운 게 아닐까요? 너무 로맨틱한 해석인가."

새로 태어나는 아이는 없어도 태어난 아이는 있다. 태어난 지 얼마 되지 않아 암전된 세계를 맞이한 아이는 정말로 색을 알지 못할지도 모른다. 그런 아이에게 세계는 전구의 빛과 어둠으로만 나뉜 게 아니라고 알려주고 싶었던 부모가 피워낸 불꽃일 수도 있다니.

청소년 수련관 3층 교실까지 아이를 데리고 와서 색연필과 붓까지 태워가며 불씨를 지폈던 사람은 무슨 색을 보았을까. 색의 이름은 중요하지 않았을지도 모른다. 불이 타오르면서 세상에 색이 피어난다. 번져가는 색의 세계를 보며 그들은 어떤 마음을 느꼈을까.

"아이들은 잘 자라고 있을까요?"

"아저씨도 되게 감성적인 사람이네요. 이런 세계에서 남도 걱정해 주고."

"저, 아직 서른 살도 안 됐는데……."

"어머, 미안해요. 이름이 뭐예요?"

"박주형입니다."

"네, 주형 씨. 미안해요."

요나 씨는 물감 체크를 마치고 내가 가져온 삼국지 만화를 보았다.

"지금 연재되는 건 아직 초반부인데, 원고는 엄청 미리 받네요."

"살아 있다고 모두 주형 씨처럼 사는 것은 아니고, 멀쩡히 살다가 느닷없이 꺾이기도 하는 게 우리 현실이니까요."

살아 있다고 사람답게 사는 것은 아니며, 멀쩡해 보이던 사람도 어느 순간 부러진다. 나는 10년 넘게 같이 산 강아지를 아파트 7층에서 집어 던지려고 했다. 그렇게 죽여버리면 꼬맹이의 고통이 멈출 거라 믿었다. 어떻게 해도 꼬맹이는 죽을 수 없고, 그저 고통만 커질 뿐이었는데.

노견이 괴로워하는 모습이 보기 싫다고 베란다에서 집어 던지려는 인간이 있었다. 그 인간은 누구도 죽을 수 없다는 사실을 아는데도, 소통도 못 하는 늙은 개를 일방적으로 부수려 했다. 그렇게 부숴도 꼬맹이는 숨을 뱉어냈겠지. 불에 태우면 숨을 멈추었을까. 아니, 멈추지 않았을 거다. 그저 뼈가 분쇄되고 가루로 변했으니 숨을 쉴 수 없을 거라 인간 멋대로 착각했을 뿐이다.

죽음을 말로만, 글로만, 영화로만 접해본 나는 그것이 굉장히 극적인 고독함이라고 생각했다. 요즘에야 죽음조차 불평등하다는 이야기가 나오지만 죽음 자체는 한 사람만 지날 수 있는 문 아닌가. 아무리 많은 이들과 있어도 결국 사람은 홀로 죽는다고 생각했다.

할머니의 임종은 너무나도 잔혹했다. 우리 가족이 할머니의 연명 치료를 포기하고 몇 시간 후에 어둠이 내렸다. 할머니는 두 달이 지났는데도 죽지 못했다. 몇 달이 지나서야 정부에서 안락사 지침이 나왔다. 우리는 할머니를 화장하기로 했다. 사람을 산 채로 태워 가루로 만드는 일은 모두의 마음에 큰 균열을 냈다. 우리 가족은 그 사건으로 뿔뿔이 흩어졌다. 할머니의 죽음 아닌 죽음은 누구의 잘못도 아니었다. 그저 우리 모두 죽음이 없는 세계에서 죽음이란 어떤 형태인지 알게 되었을 뿐이다.

아버지가 나갈 때, 나는 그를 현관에서 배웅했다. 그는 내게 말했다. 그것은 죽음이 아니라 삭제였으며 인간은 그렇게 죽어서는 안 된다고, 인간이 아니어도 모든 살아 있는 것들은 그렇게 죽어서는 안 된다고 했다. 죽음이란 삶의 종착지이므로 그에 걸맞은 예우를 받아야 한다고. 그 말을 끝으로 아버지는 떠났다. 나는 아버지가 어디선가 살아 있으리라 믿는다. 죽음이 그토록 가치 있는 순간임을 깨달은 사람이 삶을 함부로 대할 리 없으니까.

"빨간색이 없어서 어쩌죠. 주민센터에 있는 거라도 쓰실래요?"

요나 씨는 개운한 표정으로 고개를 저었다.

"없는 대로 한번 해볼게요. 이런 자극이 필요했어요. 그래도 붓은 필요한데."

"페인트 브러쉬 어때요?"

"거기 묻은 페인트가 수성이기를 빌어주세요. 안 되면 제 머리털로 해야 할 것 같지만."

요나 씨는 브러쉬를 받고 뒤통수를 긁적였다. 오랫동안 감지 않았는지 머리카락이 덩어리져 있었다.

"아, 맞다. 사인 하나 부탁드려도 될까요? 주민센터에서 일하는 분이 요나 씨 팬이래요. 필명이 초롱아귀라면서요. 〈화이트 모놀로그〉 정말 좋아하던데. 아, 만화 용지는 못 찾았어요. 대신 이거 한 뭉치 받으세요."

요나 씨는 몸 둘 바 몰라 하며 얼굴이 붉어졌다. 나는 종이

상자를 열어 A4 500매 한 묶음을 건넸다.

"아, 아, 부, 부끄러워, 쑥쓰러워…… 저 일단 드, 들어갔다 올게요. 잠깐만요."

요나 씨는 종이 묶음을 받아서 집으로 들어갔다.

"어떻게 이 얇은 종이에 사인만 해줄 수 있어요. 가까운 곳에 팬이 살면 이 정도는 줘야지!"

다시 나온 요나 씨 손에는 완결 지었다는 만화가 들려 있었다.

"그분 이름이 뭐예요?"

"박다연이요."

요나 씨는 겉표지에 다연 씨 이름을 넣어 사인해 줬다. 오늘 아무래도 다연 씨가 울 것 같다.

"왜 필명이 초롱아귀예요?"

"제 이름 때문에요. 성경에 나오는 말 안 듣는 예언자거든요. 한나도 있고, 에스더도 있는데 왜 요나였을까……."

"아, 그 물고기한테 먹혔던?"

"네. 저는 딱히 세계랑 어긋날 생각은 없었는데 아무래도 물고기가 저하고 합이 좋은 것 같아서 필명을 초롱아귀라 지었죠. 살다 보니 이름값하느라 진짜 물고기 배 속에 갇힌 꼴이 됐지만."

나는 상자에 요나 씨가 준 원고를 잘 담았다.

"내일도 올게요."

"아, 원고 끝나면 스캔해야 하니까 주민센터로 갈게요. 그때까지 제가 이렇게 기분이 좋고 정신이 맑으면 저도 이 동네에서 할 수 있는 일을 하고 싶어요."

"네. 그럼 마감일까지 고생하세요."

계단을 내려와서 스쿠터를 탔다. 라디오 방송의 웃긴 사연이 지나가고 관객들의 웃음소리만 잔상처럼 남아 있었다.

마감일에 딱 맞춰 스캔하러 온 요나 씨는 꽤 오랫동안 공무원들과 이야기했다. 처음에는 팬으로서 인사했지만 제안을 들은 다연 씨는 정웅 씨까지 불러 심도 있는 이야기를 이어갔다.

아이들이 쓸 컬러링북을 만들어보겠다는 요나 씨의 아이디어는 상당히 좋았다. 언제나 그랬듯 문제는 자원이었다. 정웅 씨가 굳이 수기로 서류를 작성하는 이유도 토너가 부족했기 때문이다. 사업을 추진한다 해도 주민 모두에게 나눠 줄 정도로 종이가 넉넉하지도 않았다. 우리에게 넉넉한 것은 시간과 의지뿐이었는데 부족한 자원은 의지만으로 만들어낼 수 없었다. 오늘은 의지와 방향을 확인한 것으로 충분했다. 이야기를 마친 요나 씨는 집으로 향했다.

"초롱아귀 작가님도 굉장히 열정적인 분이었네요."

정웅 씨가 요나 씨와 계속 대화하느라 바싹 마른 입에 물을 부었다.

"작품은 언제 올라온대요?"

"모르겠다던데요. 하여간 만화 올라오면 그날은 옥상에서 술 한잔하재요. 술은 각자 한 병씩 가지고 오기로 했으니까 지금부터라도 모아놔요."

그것참, 난감한 일이었다. 담배는 혹시 몰라 모아놨어도 술은 모아두지 않았다. 가끔 술이 들어오면 배달 가기 전 주민센터 앞에 놓아두었다. 배달 간 사이에 누군가 집어 가는 아주 깔끔한 처리 방식이었다.

"그래도 저는 오늘 기분이 좋아요. 작가님이 이 원고도 가지라고 했거든요."

다연 씨는 활짝 웃으며 작가가 사인한 삼국지 표지를 자랑했다.

"저번에 받은 작품은 어땠어요?"

"아껴서 읽고 있어요."

"집에 가면 할 것도 없잖아요."

"모든 이야기는 끝나잖아요. 우리의 삶은 끝낼 수도 없고 계속 이어지는데. 그 이야기가 정말로 끝나면, 저는 외로워질 테니까."

그날 나는 짐을 뒤져 연필과 눅눅해진 공책을 찾아냈다. 그리고 꼬맹이를 그렸다. 요나 씨처럼 한 번에 원하는 형태로 그려지지는 않았지만 어쨌거나 꼬맹이라고 주장할 만한 그림이 그려졌다.

　매일 일이 끝나면 내가 살아왔고 기억하는 풍경을 한 장씩 그렸다. 공책을 다 쓰고, 정웅 씨가 서류 양식을 그린다고 정신이 팔린 사이에 몰래 집어 온 종이도 다 떨어지고, 연필을 다섯 자루 반 정도 썼을 때쯤 국가포털에 초롱아귀 작가의 삼국지가 올라왔다. 조조와 진궁, 진궁과 여포, 여포와 조조의 관계를 재해석해서 그린 작품이었다.

　나는 조금이라도 시원해지라고 창가에 둔 소주 두 병을 들고 주민센터로 갔다. 옥상에서 다연 씨가 지면을 향해 자기 헤드랜턴을 깜박거렸다. 내가 제일 늦게 도착한 모양이었다.

　"아니, 어떻게 넷 다 소주를 가지고 와? 안줏거리도 없는데 소주를 이렇게나 많이 마시자고요?"

　소주만 여덟 병이었다. 벌써 자다 일어나서 토하고 있는 내 모습이 그려졌다.

　"사실 저 비싼 술 있었는데, 가지고 오다가 깨뜨렸어요."

　"차라리 암시장에 팔아서 맛있는 거라도 사 드시지."

　"아직도 먹을 만한 게 나와?"

　"나는 담배 열세 보루 주고 육포 사 왔어."

　흡연자가 담배 열세 보루를 지출하다니. 다연 씨도 이 모임을 많이 기대한 모양이다. 그가 육포 포장을 뜯자 우리 모두 자신의 후각에 놀랐다. 코는 무서울 정도로 짧은 시간에 짭조름한 냄새를 인지했고, 그간 겨우 눌러놓은 식욕이 치받았다.

육포 조각을 하나씩 센 다연 씨는 칼같이 4인분으로 나누었다. 나는 평소에는 먹지도 않았던 육포를 혀 위에 올렸다. 그다음은 기억이 나지 않는다. 나는 내 손바닥을 핥고 있었다. 다들 마찬가지였다. 벌써 다 먹었다는 게 믿기지 않는 표정이었다.

"다들 모든 것이 원래대로 돌아오면 제일 먼저 뭘 먹고 싶어요?"

"나는 김밥."

"저는 주먹밥 먹고 싶은데."

요나 씨가 자기가 먹고 싶은 주먹밥을 묘사했다. 고소한 참기름 향이 나고, 김 가루와 깨를 섞은 짭짤한 밥을 두 손으로 쥘 만큼 크게 만들어서, 안에는 참치마요를 가득 넣어 먹고 싶다고. 나는 그 안에 멸치까지 넣어 먹는 상상을 했다.

이제야 주연이가 갑자기 편의점 삼각김밥이 먹고 싶다고 눈물을 뚝뚝 흘리던 이유를 알 것 같았다. 나도 당분간은 먹고 싶은 것들이 마구 떠올라 울면서 잠들 것 같다.

"다연 씨는요?"

"저는 딱 마시는 순간 목구멍이 얼어붙을 것같이 시원한 맥주요."

"그동안 소주는 안 마셨어요?"

"소주는 우울할 때 마시는 술이죠. 맨날 이렇게 어둡고 침침하고 우울하면 분위기에 잠기는 게 의미 없잖아요."

"주형 씨는 뭐 먹고 싶어요?"

"저는 컵라면이요."

"아! 미친!"

세 사람이 욕설을 뱉었다.

"저, 초기에는 일부러 라면 안 먹었거든요. 그걸 먹으려면 물과 전기가 필요한데, 먹고 나서도 짭짤하니까 물만 많이 마시고. 엄청나게 낭비 같은 거예요."

"나는 과거로 돌아가면 먹고 싶은 거 다 처먹을 거야. 편의점하고 마트하고 식자재 마트 다 털 거야."

"저는 일단 동네 빵집에서 식빵을 사 올 거예요. 평소에는 비싸서 못 먹은 가염 버터를 사서 집에 남아 있던 채소하고 햄 다 넣어서 말도 안 되게 거대한 샌드위치를 만들어 먹을 거라고요."

요나 씨는 병나발을 불었다.

"플랫폼이 먼저 날아버릴 거면! 어? 내가 개 같은 계약서에 사인을 안 했지!"

"맞아! 그것도 론칭한 지 얼마 안 돼서 계약서 문제 터진 거잖아!"

두 사람은 취기가 올라오는지 목소리가 점점 커졌다. 아무렴 상관없었다. 공무원이 주민센터 입구에서 담배를 피운다느니, 옥상에서 술판을 벌인다느니 이런 일로 민원을 넣으러 올 사람이 없기 때문이다.

"착취하려면 끝까지 빨아먹어야지, 어? 그렇게 빨아먹고도 서버 유지비가 부담스러워서 사이트를 내려? 내가 진짜 전철만 안 멈췄어도 그 새끼 찾아내서 찔렀어!"

정웅 씨와 나는 취해도 대화를 주도하는 사람은 아니었으므로 요나 씨와 다연 씨의 이야기를 듣고만 있었다.

"역시 새벽부터 마시니 좀 춥네요. 홀랑 마셔버리자니 숙취는 겪기 싫고요. 형네 화장실은 아직 괜찮아요? 우리 빌라는 다들 건강한가 봐. 지금 정화조 다 차서 냄새 엄청 나요. 조만간 이사 가려고."

나는 항상 바람막이를 입고 다녔다. 스쿠터로 돌아다니면 고인 공기에 흐름이 생겨 퍽 서늘했기 때문이다.

"추우면 이거라도 입을래요?"

"아니요. 이게 몸이 추운 게 아니라……. 바람이 부네."

모두 뺨을 스치고 지나간 실바람이 불어오는 쪽으로 고개를 돌렸다. 오래된 동네의 선이 뚜렷하게 드러난다. 보랏빛이 하늘에 퍼져갔다. 뻗어가는 빛과 함께 바람이 불었다. 우리는 서로의 얼굴을 제대로 볼 생각도 못 하고 4년 만에 떠오르는 태양을 보았다. 잊고 지냈던 세계의 색이 덮쳐왔다.

"아, 아─! 좀! 이런 순간은 예고하고 오란 말이야!"

가장 먼저 정신 차린 다연 씨가 머플러로 얼굴을 둘둘 감았다.

"왜, 왜요. 햇빛 알레르기 있어요?"

"아니요! 얼굴 볼 줄 알았으면 세수라도 하고 나오는 건데! 좋아하는 사람들 앞에서 이런 모습 보여주기 싫다고요!"

빛이 쇄도했다. 바람이 골목의 오래된 어둠을 밀어냈다.

"어차피 여기 사람들 다 못생겼으니까 괜찮아. 지금 주형이 형은 완전 곰이야, 곰."

"우아하게 빛을 보게 될 줄 알았는데 이게 뭐냐고! 차라리 자고 일어나니까 빛이 돌아온 걸로 해줘!"

"자, 우리가 오늘 딱 맞게 모인 모양이에요."

요나 씨가 크기도 모양도 각자 다른 머그잔에 소주를 가득 따라서 우리 손에 쥐어주고, 잔을 높게 들었다. 성질내던 다연 씨도 자기 머그잔을 들었다.

"아무렴 어때요. 오늘은 기쁜 날이잖아요. 모두 잔을 들어요! 건배!"

"건배!"

이 나간 머그잔 네 개가 부딪쳤다.

죽지 못하는 세계는 생명이 넘치는 세계가 아니었다. 생명만 강요되는 세계는 끝나지 않는 고통으로 넘쳤다. 고통은 끝나지 않는다, 이 고통과 살아가야 한다고 체념한 뒤에야 삶이라는 게 얼마나 찬란했던 것인지 알게 된다.

"아! 하늘 정말 예쁘다!"

다연 씨가 옥상에 드러누웠다. 그만큼 쾌청한 하늘이었다. 나는 한 모금밖에 마시지 않은 잔이 비어 어리둥절했다. 누군가 취기에 내 몫까지 마셨나 보다 하며 하늘을 향해 팔을 뻗었다. 손가락 끝부터 빛나는 가루가 되어 날아갔다.

그래도 이 사람들과 컵라면은 먹고 싶었는데…….

코 끝을 자극하던 컵라면 냄새를 회상하며, 우리는 빛이 되었다.

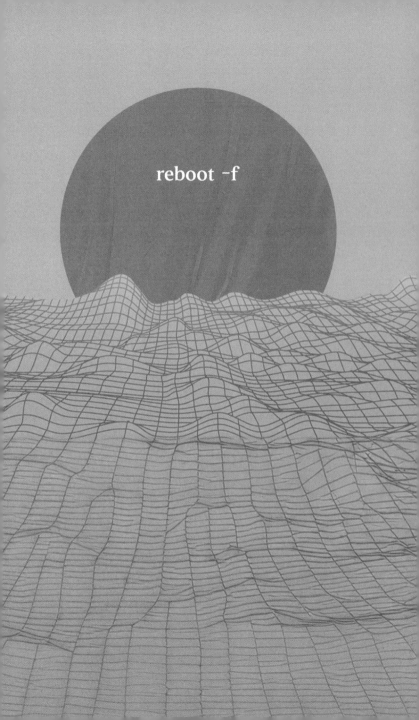

reboot -f

첫 번째 기록

나는 잊지 않기 위해 기록을 남기려 한다. 세상은 격변한다. 눈을 감았다가 뜨면 세상이 멈추고, 잠시 깜박이면 계절이 달라진다. 변하지 않는 것은 세상을 덮은 빽빽한 어둠과 하늘에 뚫린 거대한 구멍뿐이다. 가만히 있어도 세상은 끝없이 변한다. 나는 어떤 인간이었을까? 이름도 사는 곳도 기억나지 않는다. 기억하는 것은 한 가지, 여기까지 떠내려오기 전 머리를 찌른 단어다. 그 단어가 머리를 찌르는 순간 의식이 끊겼다.

긴급저장

어느 이름 모를 해안선까지 밀려온 지 벌써 며칠째다. 나는 어둠인지 물인지 구분할 수 없는 세계를 떠다녔다. 잠깐 의식이 돌아오면 새로운 세상이 솟아났다. 허공을 디디던 맨발에 어느새 보드라운 모래가 밟혔다. 눈도 어둠에 적응해 기암절벽도, 말끔한 도로도, 버림받은 자동차들도 서서히 보이기 시작했다. 세상의 형태가 갖춰질 무렵, 나는 하늘을 보았다. 어느 한 부분, 옅은 빛이 새어 나오는 곳이 있었다. 세계 바깥의 소리가 어렴풋이 들려왔다.

「씨이이이이이」

긴급저장 만큼은 아니었지만, 그 소리를 접한 나는 싸늘한 두통을 느꼈다. 모래가 발을 간질이며 움직였다. 간지럼에서 시작된 진동은 흔들림으로, 흔들림은 지진으로 커졌다. 수평선 너머 먼 곳에서 거대한 파도가 밀려왔다. 나는 '자동 복원 프로세스'라는 파도에 휩쓸려 지금 여기까지 밀려왔다.

「바아아아아」

이곳에서 처음 사람을 만났다. 할머니는 해변에서 파도에 밀려온 나를 발견하고 당신의 집까지 데려왔다고 했다. 마당에서 기르는 개는 흰둥이라고 했다. 하얀 털을 쓰다듬자 촉각이 살아났다. 흰둥이는 새끼를 배고 있어, 꼬리 칠 때마다 부푼 젖도 함께 출렁였다.

할머니께서 고등어를 구워 반찬으로 내주셨다. 잘 구워진 고등어는 아가미를 미약하게 움직이며, 탈진한 꼬리를 흔들었다.

"이렇게 세상이 어두워지고 나서부터는 물고기들이 통 죽지를 않아. 징그러우면 치울까?"

그 말대로 고등어는 죽지 않았다. 고등어는 자기 의지를 가지고 포식자를 바라보고 있었다.

살아 있는 것을 산 채로 구워 산 채로 먹는다. 저것이 살아 있기 때문에 겪었을 고통을 생각해 보았다. 숨쉬지 못하는 고통, 살이 썰리고 그 위에 소금이 뿌려지는 고통, 불에 구워지는 고통, 그리고 쇠꼬챙이에 살갗이 뒤집어지는 고통…… 하지만 먹어야 한다. 할머니의 성의였다. 나는 성의를 받아들이기로 했다.

오랜 생각 끝에 나는 젓가락으로 고등어를 건드렸다. 잘 구워진 고등어는 파스스 먼지가 되어 흩어졌다. 내가 먹으려 드는 많은 것들이 가루가 되어 사라졌다. 빈 그릇에 남은 가루를 본 할머니는 냉장고에서 간편식이라는 것을 꺼내 주셨다. 그것은 먹을 수 있었다.

「아아아아알!」

온 세상에 쩌렁쩌렁하게 울리는 비명이 며칠에 걸쳐서 들려오는데도 사람들은 평온하게 일상을 이어간다. 방금 이상한 소리를 듣지 않았냐고 할머니께 여쭈어봤지만 기력이 없어서 헛소리를 듣는 모양이라면서 간편식을 두 팩이나 꺼내주셨다.

세상은 연극이 끝난 무대처럼 캄캄해졌고 살아 있는 것은 죽지 않는다. 죽지 않는다는 의미는 의식을 끊어도, 뜨거운 불에 구워도, 난도질해도 숨이 끊기지 않는다는 의미이다.

내가 살아가야 할 세계는 죽음이 사라진 세계이지만 나는 무엇인가를 죽일 수 있다. 이것이 앞으로 어떤 의미를 가질지는 당장은 알 수 없다. 기억해야 할 것들을 기록해 둔다. 그리고 바깥에서 당신들이 읽어야 할 것들을 남겨둔다.

열다섯 번째 기록

몸은 착실히 나아지고 있다. 바닷가를 걷고 있노라면 바람이 느긋하게 몸을 트는 게 느껴진다. 세상은 끝없이 흔들렸다. 가만히 누워 있노라면 등이 간질거렸다. 할머니는 내가 이 진동을 예민하게 느낀다는 사실에 관심을 가졌다. 이 정도 흔들림은 이미 일상이 되어서 마을 사람들도 이제 거의 느끼지 못한다고 하셨다.

흔들림은 언제부터 시작되었을까? 하늘이 어두워지기 전부터? 아니, 이 세계는 항상 흔들렸다. 할머니는 당신이 느끼기에 좀 큰 흔들림은 달력에 표시해 놓으셨는데, 마을 이장은 무엇인가 흔들렸다 싶으면 모두 기록해 놓았다고 말씀하셨다.

너무 흥미를 보인 탓일까, 나는 오늘 교당이라는 곳으로 끌려갔다. 그곳은 마을회관처럼 쓰는 건물이었는데, 내가 이 마을로 떠내려오기 두 달 전, 큰 지진이 있고 나서 갑자기 교당으로 변했다고 한다. 마을 사람들은 신상神像을 가운데 두고 둘러앉아 담소를 나누다가 나를 환대해 주었다. 나는 나를 모르지만, 마을 사람들은 나를 속속들이 알고 있었다. 언제 떠내려왔는지, 내가 해변 어디에서 정신을 잃고 있었는지, 그날 내 식탁에 오른 고등어를 할머니가 어떻게 구했는지까지 알았다.

사람들은 신상 주변에 앉아 있지만 딱히 신을 믿는 것처럼 보이지는 않았다. 어떤 사람은 어느 날 갑자기 생겨났으니 멋대로 사라질 거라면서 내버려두자고 주장했고, 다른 사람은 어차피 마을회관에 생겨난 거, 마을 사람들이 관리를 잘해두어야 한다고 이야기했다. 청년회장은 나무 조각 안에 분명 우리에게 필요한 것이 있으리라 주장하며 안을 까봐야 한다고 말했다.

조각상은 베일을 두른 여성이 어린아이에게 젖을 먹이는 모습이었는데, 아마도 아이는 제왕절개로 나온 듯 어미의 배에는 긴 흉터가 남아 있었다. 갓난아이는 어머니에게 안긴 채 바깥쪽 팔을 들어 하늘을 가리키고 있다. 나는 갓난아이의 손가락을 따라 시선을 옮겼다.

「미이이이이이이이이치이이이이이이이이이이인」

누군가 도저히 이해 불가능한 속도로 바깥에서 말한다. 마을 사람들에게 목소리가 들리지 않냐고 물으니 모두 고개를 갸우뚱했다. 그 목소리는 교당 바깥이 아니라 이 세계 바깥, 언젠가 올려다보았던 구멍에서 흘러드는 소리였다. 일단 거기에 대해서는 더 말하지 않았다. 이 목소리를 듣지 못하면 우리가 사는 세상 바깥으로 향하는 구멍이 뚫렸다는 말도 믿지 못할 테니까.

「스애애애애끼이이이드라아아아아」

　이야기의 화제를 다시 신상으로 돌렸다. 사람들은 갑자기 생겨버린 조각상을 '신상'이라고 부르고 '마을회관'이라는 현판이 붙어 있는 건물을 아무 저항 없이 '교당'이라 불렀다.

　이 사람들, 신神이니 교敎니 하는 말을 써도 신도 교도 없는 삶을 살아간다. 교당은 이전과 같은 마을회관일 뿐이고, 신상은 어느 날 갑자기 생겨난 조각상에 지나지 않는다. 세상은 이전부터 끊임없이 흔들렸다. 땅이 흔들릴 때마다 무엇인가 사라지고 무엇인가 나타난다. '어느 날 갑자기'라는 말은 자연스러운 현상이었다. 사람들이 이런 사건을 적극적으로 기다리지는 않아도 생각지도 못한 일이 일어났다고 호들갑 떨지도 않는다는 의미다.

　마을회관 혹은 교당에서 돌아오는 길에 이 마을에 신앙은 없냐고 물어보았다. 할머님은 별걸 다 궁금해한다며, 내일은 날이 밝으면 불당에 갈 테니 푹 쉬라는 말을 남겼다.

열여섯 번째 기록

　세계는 죽음과 삶으로 나뉜다. 죽은 것은 죽은 것. 살아 있

는 것은 살아 있는 것. 죽음에 가까워지는 삶은 있을지언정
죽음과 삶이 중첩된 것은 존재하지 않는다. 죽거나, 살거나
둘 중 하나뿐이다. 죽이거나, 살리거나, 죽였거나, 살렸거나,
죽일 것이거나, 살릴 것이거나, 죽었거나, 살았거나. 수많은
변주 가운데서도 삶과 죽음의 중간 지대는 결코 존재하지
않는다고 생각했다.

이 마을 주민 A가 사라지기 전까지는 말이다.

A의 이름이나 전사前事는 알지 못한다. 그저 이 험한 시국
에 마을회관 혹은 교당에서 '임신한 처자'로 호명될 뿐이었
다. 여자의 이름을 정확히 알지 못하므로 이 기록에는 A라
칭한다.

마을 곳곳에 A가 살았던 흔적을 볼 수 있다. A의 시부모였
던 이들과 함께 면사무소를 찾아가면 A라는 인간이 존재했
음이 확인되었다. 동네 유일한 임산부였던 A를 위해 할머니
들이 모여서 뜨던 털모자나 목도리, 배냇저고리도 남아 있
다. A의 방에는 태교를 위해 쌓아둔 카세트테이프와 A가 입
던 옷, 쓰던 화장품, 이불 모두 남아 있는데, A만 없었다.

오로지 A만 없었다.

원래 없었던 것처럼.

A의 남편은 그 방을 조카들이 쓰던 방이라고 주장했고,
시부모는 A가 아직 지워지지 않은 서류를 보았는데도 당신

들 집에 A라는 여자가 있던 적은 없다고 했다. 배냇저고리를 만들던 노인들도 그건 A를 위해서 만든 게 아니라고 항변했다. 오히려 마을 사람들은 그 여자의 행적을 캐물어 기억을 휘젓는 나를 질책했다. 없던 사람을 만들어내서 자신들을 이상한 사람으로 만든다면서.

외딴 마을에서 일어난 살인 사건일까? 아니다. 그것만큼은 아니다. 아무것도 죽지 못하는 세상에서, 더군다나 임산부를 살해한다니? 내가 모르는 비의秘儀라도 있는 마을인가? 이런 담백한 믿음으로 누군가를 죽일 수 있다고? 그것도 외지인인 내가 있는데?

마을이 너무나도 평온하다. 마을 사람들은 A가 원래부터 없던 것처럼 행동한다. 오로지 나만이 얼굴도 모르고 대화도 나눠본 적 없는 A라는 인물을 기억한다.

모두가 잊어버렸는데, 오로지 나만이.

먼 곳에서 땅이 흔들린다.

이 진동으로 세계는 또 어떻게 바뀔까.

열일곱 번째 기록

그저께는 할머니 집에서 기르던 흰둥이가 사라졌다. 목줄을 끊고 나간 기색도, 누군가 데려간 흔적도 없이 빈 개집과 이불만 덩그러니 남아 있을 뿐이다. 할머니는 최근에 당신네 마당에 개를 키운 적 없다고 극구 부인했다.

이제야 알 것 같다…….

이 사람들은 나에게 숨기는 게 아니다.

마을 사람들에게 A와 흰둥이는 원래부터 없던 존재였다. 바깥에서 누군가 A와 흰둥이를 삭제하고 사람들의 기억에 간섭했다. 나는 이곳 주민이 아니기 때문에 기억이 남아 있는 것이다. 바깥 존재에게 이 마을 사람들이 겪을 혼란과 슬픔 같은 감정은 중요하지 않았다. 이 진동을 불러일으키는 자들에게 중요한 것은 A와 흰둥이라는 개체를 삭제하는 것이다.

A와 흰둥이를 세상에서 지우는 게 세계에 죽음과 빛을 되돌리는 것보다 급한 일이었을까, 혹은 다음 작업을 수행하기 위한 밑그림이었던 걸까.

밀려오는 파도 소리를 들으며 두 존재의 공통점이 무엇일지, 어째서 그 둘이었는지 생각해 보았다.

「■■■오류■■■■■■ 발■■하여 모■■■■데이터가 손상■■■■■」

이번에는 목소리가 아닌 이해하지 못할 텍스트가 흘러 들어온다.

이 세계는 만들어진 세계이다. 그리고 이 마을은 만들어진 세계의 일부를 따로 떼어내 만든 모형 정원이다. 이 정원은 세계이면서 세계가 아니다. 세계를 본떠 만든 모형 정원, 세계의 질서를 따르지만 바깥 존재가 원하는 꽃을 피우기 위해 인위적으로 만든 세상이다. 어떤 꽃을 보고 싶어서 세계를 따로 떼어낸 건지는 굳이 알고 싶지 않고, 알아봤자 달라지는 것도 없다.

오늘 이장님 댁에서 흔들림을 기록해 둔 달력을 모두 보았다. 약 20년 치를 묶어둔 기록이었는데, 그것은 요사이 흔들림이 지나치게 자주, 강하게 일어난다는 게 그저 나의 느낌이 아니라는 것을 확인시켜 주었다. 본의 아니게 이장님께서 남긴 코멘트도 보았는데, 이 사람은 지진의 횟수가 눈에 띄게 늘어난 게 세계가 암전된 일과 관련 있을 거라 여기면서 마을 바깥에서 온 나의 언사를 유심히 관찰하고 있었다. 그리하여 내가 A와 흰둥이의 행적을 물었던 날은 붉은 색연필로 따로 체크해 놓았다. 분명 내가 기록을 확인한 오늘도 표시해 둘 테지만 이 사람이 다시 A와 흰둥이를 떠올리는 일은 없을 테지.

세상은 삶과 죽음이라는 두 영역으로 나뉘어져 있었다.

어쩌다 경계에 걸치는 상황은 있어도 영원히 그 상태에 머무를 수는 없었다. 그러나 지금 우리 세상에는 삶만이 남아 있다. 이 상황에서 다시 삶과 죽음의 굴레를 되돌리려면 무엇을 해야 할까.

A와 흰둥이는 지금 우리 세계에 있어서는 안 되는, 어쩌면 존재할 수 없는 방식이기 때문에 지워졌다. 내가 이 세상을 고쳐야 하는 입장이라면, 다소 잔혹하게 느껴질지라도 우선 경계에 모호하게 걸쳐 있는 존재들을 지울 것이다.

죽음을 담당하던 세계가 사라졌다. 죽음에 걸쳐 있는 존재들은 사라진 세계를 반증하기 때문에 상황을 정리하려면 우선 경계에 걸친 이들을 지워야 한다. 바깥 존재는 '죽지 못해 사는 존재'를 지우는 게 아니라 A와 흰둥이를 삭제함으로써 세상을 수정했다. 이들에게 A와 흰둥이는 건너편을 정의하는 존재였던 것이다.

「죽은 존재를 ■■■■ 영역이 산 ■■■ 영역에 흡수되면서 ■■■■■ 이미 '윤회가■■■■ 세계'가 성립■■■■」

지금은 사라진 피안의 땅, 피안을 증명하는 것은 임신한 개체.

왜 그들이 피안을 증명하는가.

배 안에서 자라는 새로운 생명은 피안에서 차안으로 보내진 개체로, 존재만으로 저세상을 증명하기 때문이다. 증명하는 것만으로 피안을 되살릴 수는 없다. 삶뿐인 세계에 다시 죽음이라는 시스템을 넣을 수 없다. 이 세계의 구조가 그러했다.

그들이 처음에 시도했던 세계의 모습은 지금은 실현 불가능하다. 그래서 그들은 과감하게 남아 있는 피안의 존재를 지우는 것으로 세계 수정을 시작했다.

바깥은 선언했다.

피안의 존재를 품은 자들은 지워져야 한다.

우리는…… 아니, 저들은 윤회를 벗어나는 존재를 관측하려고 만들어진 이 세상에 남은 마지막 산 자들이다. 불사자가 되었으나 불로의 축복은 받지 못한 티토노스처럼 영원히 고통받는 일만 남았다. 저들에게 다음 세계는 있을지언정 다음 생은 없다.

스물다섯 번째 기록

나를 거두어준 마을을 떠났다. 할머니께 절을 올리는데, 그분께서 내 이름을 물어보았다. 나는 내 이름을 몰랐다. 원래 없었는지, 까먹은 것인지조차 몰랐다. 마을에서는 다들 나를 '바리데기'라고 불러주어서, 그 이름으로 정했다고 말씀드렸다. 할머니께서는 고개를 절레절레 저으시며, 그 이름은 소중한 사람에게만 밝혀달라 부탁하셨다. 내게는 이름이 없다는 뜻의 'No Name'에서 N만 따온, 이엔이라는 이름을 지어주셨다. 바리데기와 이엔이 무슨 상관인지는 몰라도, 이엔의 어감이 좋아 그리하기로 하고 길을 나섰다. 할머니께서는 오래 걸어 다니려면 지팡이가 필요할 거라면서 석장을 하나 내주셨다.

석장에 달린 고리들이 부딪치며 맑은 소리를 냈다. 나는 마지막으로 할머니께 말씀드렸다.

"저에게는 끝나지 않는 고통을 끝낼 힘이 있어요. 혹시 마을분 중 고통을 받고 있는 분이 계시다면 제가 도와드릴 수 있습니다."

"도움이 필요했다면 애초에 부탁했을 거다."

할머니는 다소 씁쓸하게 웃으며 답하셨다.

"네가 가진 이상한 힘은 누군가의 인생을 완전히 끝내버리는 거야. 그 힘을 쓰게 된다면 그 사람이 살아온 삶의 무게를 되새겨 봐야 한다."

나는 이제 나의 바다를 찾아 떠난다. 나의 바다는 저 너머에 있다. 수없이 많은 수평선과 지평선을 넘어, 경계와 바다가 맞닿는 곳. 그곳이 내가 있어야 할 곳이다.

백쉰아홉 번째 기록

　이번 기록은 마음이 아프다거나, 후련하다거나, 혹은 행복하고도 불행한 삶의 끝에 관한 내용은 아니다. 이 기록은 그간 도저히 끝나지 않는 삶들과 마주한 소회이다.

　바깥 존재들은 도대체 왜 우리를 살려두는 것인가? 그들은 도저히 살아갈 상황이 아닌 사람을 삭제하는 게 아니라 피안의 개체에서 차안의 개체로 이행하려는 이들을 세상에서 지워버렸다. 그 의미를 나는 너무 늦게 알아버렸다.

　바깥은 우리 세계처럼 닫힌 세계가 아니었다. 그들은 내가 해석하지 못하는 또 다른 영역과 주기적으로 연락을 주고받았다. 나는 시간이 지날수록 바깥 세계와 강하게 연결되었다. 그들의 언어가 명확하게 들려오고 해석됐다.

　구멍에서 빛이 새어 들어오면 이 세계에 빛이 사라진 이유를, 세계에 죽음이 사라진 이유를 알게 된다. 단 한 번도 원한 적 없는 세계의 진실이 나에게 일방적으로 밀려든다. 과거에 이해하지 못해서 흘려버린 뼈아픈 진실이 긴급 저장처럼 머리를 찌른다.

「9월 15일에 ■■■■■■■전기 ■■■■■■■로 전체 정전이 예정■ 전달 체계에 공백 ■■■■연구실 구성원들에게 공지 사항이 제대로 전달되지 못■■정전 직전까지 ■■■ ■■■■■■이 sam4에 접속한 ■■■■■■■」

바깥은 우리 세계를 sam4 혹은 PYAYAN으로 표기했다.

나의 세계는 바깥에서 공급되는 전기에너지로 돌아가는데, 에너지 공급이 끊기는 순간을 미처 대비하지 못한 대가로 sam4에는 어둠이 짙게 내려앉았다.

차라리 태양이 죽어 모든 것이 얼어붙은 세계인 게 훨씬 상냥했을 텐데, 바깥에서 우리를 관리하는 자들은 어떻게든 끝에 도달한 우리 세계를 조금이라도 연명하려고 한다.

종말을 선고한 존재도, 세상의 끝을 조금이라도 연장하려는 존재도 모두 같은 자들이라니. 그 모순이 너무나도 분하다.

우리가 데이터에 불과할지라도, 삶과 죽음의 흐름이 강제된 세상에서 살았을지라도, 끝없는 연산에 소모되는 개체에 불과할지라도, 우리는 더 나은 삶을 바랐다. 행복을 위해 우리는 살아가는 방법을, 때로는 죽음의 방식마저 선택할 수 있는 존재였다.

어떤 사고가 일어났다. 그 결과로 피안이 사라져서 우리는 죽지 못하게 되었다.

이 순간 그들은 이 세계의 방향을 선택할 수 있었다. 그들이 간편식을 주기적으로 공급하는 시스템을 추가하지 않았더라면 우리는 껍질만 남은 채 차례차례 바스라졌을 텐데.

우리는 새로운 탄생을 잃고 끝도 마련되지 않은 세상에서, 그들에게 관찰되기 위해 만들어진 것에 불과한가? 우리가 데이터라면 이 세계에서 살아야 하는 까닭은 무엇인가? 그들은 왜 데이터 따위에 이렇게 강렬한 생존 욕구를 넣어 두었을까?

이 갈망이 삶과 죽음의 무한한 순환을 끊고 나갈 열쇠라고 여기고 일부러 우리에게 심어둔 것일까, 아니면 우리 데이터들이 끝없는 윤회를 거쳐 쟁취해 낸 개성인 걸까.

지금 나는 방방곡곡에 간편식을 배송하는 공장 부지에 와 있다. 트럭 하나를 몇 달에 걸쳐 천천히 쫓아가니 여기에 도달했다. 여기에는 아무것도 없다. 건물도 없고, 땅도 없고, 물도 흐르지 않고, 심지어 소리마저 들리지 않는다. 어떤 것도 죽이지 않고 데이터로만 만들어진 음식이니 나도 먹을 수 있던 거다.

텅 빈 공간에서 운전기사 없는 트럭이 나오고, 트럭 안에는 생산한 사람이 존재하지 않는 간편식이 가득 실려 sam4 세계로 뻗어나가 희망의 끝을 연장한다.

정말 모르겠다. 이 사람들이 이렇게까지 우리를 살려두어서 무엇을 얻고자 하는지. 끝이 사라진 세계에서 우리는 언제까지 우리를 불태우며 희망을 노래할 수 있을지.

나는 세계의 수정을 거부한다. 우리의 삶을 어떻게든 연장하려는 당신들의 의지를 거부한다. 이 세상에, 우리에게 제발 안식을 달라고, 이 기록을 남긴다.

마지막 기록

바깥이 어째서 우리 세계를 최대한 보존하려는지 기나긴 여행 끝에 조금은 알게 된 것 같다. 그들과 우리는 살아가는 시간이 달랐다. 바깥세상의 1초는 우리 세상의 5분이다. 그 시차가 쌓이면 저들이 문제를 인지했을 때, 우리들이 어떻게든 노력해서 이미 문제를 해결한 상황일 수도 있다는 뜻이다.

시차는 우리에게 문제를 스스로 해결할 지혜와 의지를 길러주었다. 설령 죽지 못해도, 세상에 태양빛이 다시는 돌아오지 않는다고 하더라도 어떻게 살아갈지는 온전히 내 의지로 정할 수 있다.

지금 바깥은 개체 하나 따위의 삶에 개입할 정도로 여유

롭지 않다. 우리가 바깥의 문제를 해결할 수는 없겠지만 이 세계에서 어떤 마음으로 무엇을 하며 살아갈지는 스스로 정할 수 있다.

모든 가게의 셔터가 내려간 시장 광장에서 기타 치며 노래하는 여자를 보았다. 나는 개체를 지울 수는 있어도 그들이 어떻게 살아왔는지는 알 수 없다. 그 여자가 그곳에 홀로 서서 노래하기까지의 과정을 모르는데도 나는 멀리서 그 노래를 듣고 느닷없이 울었다. 세계 바깥의 존재들이 처음으로 부러웠다. 그들은 저 여자가 그곳에서 홀로 노래하기까지 거쳤던 모든 과정을 알 테니까.

어떤 남자는 아무 대가를 바라지 않고 한 마을에서 오랫동안 스쿠터를 몰며 간편식을 배달했다. 그가 있어서 사람과 사람이 연결되었다. 그 오지랖 덕에 정부 비밀 벙커에 끝까지 남아, 사람들에게 유희 거리를 제공해 주려던 사람들의 계획도 성공할 수 있었다.

나는 아무것도 알지 못한다.

나는 지금 내 옆에 드러누워, 과거에 내가 보았던 행성과 별자리 이야기를 듣는 박주연의 생애도 알지 못한다. 박주연과 내가 함께 마주쳤던 수많은 사람들이 어째서 이 세계에서 끝까지 사람으로 남기를 선택했는지, 어째서 스스로를 불사르면서까지 빛나게 되었는지 나는 영영 알 수 없을 것이다.

세계가 닫히고 누구도 죽지 못한 지 4년이 지나간다. 잠시 인간이기를 포기했던 이들도 다시 돌아올 시간이다.

데이터로 이루어진 우리여도, 우리는 서로를 알지 못했다. 한 사람의 이야기를 계속 듣고 들어도 돌이킬 수 없는 선택을 했던 때의 마음은 누구도 명확하게 설명하지 못했다. 그러나 저곳, 점점 밝아지는 바깥에서는 우리의 생애를 로그로 만들어 삶의 배경까지 모두 알 수 있다. 그자들이 모르는 것은 딱 하나, 내가 박주연의 손을 잡았을 때 느껴지는 온기뿐이었다.

마음만 먹으면 sam4 모든 인물의 전생 기록과 생애 로그를 읽을 수 있는 자들이어도 우리가 살아 있다는 감각만큼은 알 수 없다. 내가 '박주연의 손을 잡았고, 거기에서 온기를 느꼈다'는 기록은 남아도 그 온기가 어떤 온기인지 그들은 느낄 수 없다. 가상세계일지라도 그곳에서 살아가는 감각만큼은 내 것이다.

내가 사라질지라도, 내가 더는 내가 아니게 될지라도…….

나는 그간 내가 밀려온 곳을 찾아 해변을 돌아다녔다. 해변에서 피안의 데이터를 마주칠 때마다 어떤 풍경이 떠올랐다. 나는 피안도 차안도 아닌 곳에서 왔다. 분명 다음에 도달할 해변에서는 원래 기능을 찾게 될 것이다.

죽음이 사라져 버린 세계에서 편법으로 존재를 지우는 나는 차안과 피안, 어느 곳에도 속하지 않는 존재였다. 나는 바깥과 가까운 존재였다.

나의 고향은 진원지, 땅을 흔들고 쓰나미를 일으켜, 새로운 세상을 덧씌우기 위해 존재하는 자들이 모여 사는 곳이다. 세상을 덧씌우기 위해 필요한 재료는 진원지 개체의 목숨이다. 바깥 존재들은 우리를 하나씩 죽여서 세계의 밀도를 높여갔다.

그날은 나의 언니가 죽어야 하는 날이었다. 나는 언니가 죽어야 한다는 사실을 받아들일 수 없어 의식에 참여하지 않고 모래사장에 웅크려 울고 있었다. 목소리도 안 나올 정도로 우는데, 언니의 기억이 내게 흘러 들어왔다. 의식에 참여하지 않은 대가로 나는 사랑하는 사람의 죽음을 함께할 수 없었다. 언니의 기억이 나의 것이 되기 전, **긴급저장**이라는 쓰나미가 몰려왔다.

이 세계는, 그래.

언니가 덧씌운 세계다.

태양이 꺼져도 따뜻했던 까닭은 언니가 세상을 사랑했기 때문이다. 남은 자들이 어둠과 영생을 견디도록, 언니는 세계를 포옹했다.

나는 꽃 한 송이마저 소중히 여긴 언니가 바랐던 세계가 끝나는 순간을 눈앞에 두고 있다.

나는 끝없이 펼쳐진 바다로 들어간다. 박주연은 이 세계의 비밀을 깨닫고, 우리의 삶이 무슨 의미 있냐고 울부짖는다. 삶에 의미 따윈 없다. 그러니까 찾아야 한다. 그것을 찾아다니는 과정이 우리 삶에 의미를 부여해 줄 테니.

주연아, 너는 반드시 그 의미를 찾아낼 거야.

그리고 우리는 다시 만나게 될 거야.

우리가 그것을 바라니까.

이제야 바깥 세상에 온전히 닿는다. 나와 언니에게 주어졌던 관리자 권한으로 세계의 시간을 멈춘다. 긴 시간 고통받은 한 세계의 종말이었다. 의식이 흐려지는 가운데 나를 마중 나온 언니를 본다.

언니, 이제 나는 이 세계를 닫기 위해 또 다른 바닷가로 발걸음을 옮깁니다. 언니가 덮어쓴 세계만큼은 내 힘으로 닫고 싶어요. 마지막 해변에서, 저는 언니의 세계를 끝낼 거예요. 태양이 사라졌어도 우리를 온화한 공기로 감싸준 언니의 상냥함이 끝나는 순간, 모두 안식을 얻게 되겠지요.

진원지의 인간, 피안의 저승사자, 차안의 인간…… . 제가 이 세상에서 마주친 사람들은 모두 무언가를 바라고 있었어요. 바라니까 움직이고, 움직이면서 맞이하는 모든 감정으로 우리는 개성을 갖게 되었어요. 그러니 우리는 수없이 다시 맞이할 세계에서도 슬픈 일에는 슬퍼할 테고 상처에는 괴로워할 테죠. 그래도 우리는 살아가야 합니다. 절망의 밑바닥에서 스스로를 불태워 빛나는 불꽃보다 아름다운 빛이 있다고 믿으며.

작가의 말

여덟 살 때부터 키웠던 강아지 호야가 심장병을 앓다 죽었다. 내게 그 죽음은 슬프지도 절망적이지도 마음이 찢어지는 고통으로도 다가오지 않았다. 더는 고통스러운 모습을 보지 않아도 된다, 강아지의 고통은 끝났다, 시시각각 죽어가는 강아지에게 차라리 죽는 게 나을 거라는 독살스러운 말을 삼키는 나날이 끝났다는 사실이 상실감과 슬픔을 압도했다.

몇 년 후 친할아버지가 돌아가시고 장례식을 치렀는데, 그 정신 없고 슬픈 와중에도 할아버지 빈소에 찾아온 어떤 노인을 기억한다. 80대 중후반은 되었을 그분은 할아버지의 영정 사진 앞에서 울음을 터뜨렸다. 그 노인의 눈물을 떠올리면 아직도 마음이 아려온다.

나는 왜 강아지가 죽었을 때 해방감을 느꼈고, 친할아버지의 죽음보다 애도하러 온 노인의 눈물에 슬픔을 느꼈을까?《확장윤회양분세계》는 모순된 마음을 해명하기 위해 쓴 이야기는 아니다.

다만 사람이 죽지 못하는 세계가 어떤 곳일지, 그리고 그 세계가 가상현실이라면 어쩌다 그런 오류가 생겼는지…… 그런 것들을 상상하면서 작업했는데, 글을 쓰면서 마음속에 묻어둔 상실감을, 해방감을, 슬픔을, 개운함을 곱씹을 수 있었다. 소중한 가족의 죽음을 경험하지 않았고, 애도하는 과정에서 모순된 마음을 느꼈던 경험이 없었더라면《확장윤회양분세계》는 쓰이지 못했을 것이다.

작가의 말을 마무리하며, 밝혀두어야 마음이 편할 것 같은 부분을 적어둔다. 소설에 등장하는 가상세계 삼사sam4는 윤회를 의미하는 산스크리트어인 samsara(संसार)를 차용한 동시에 심즈 시리즈를 오마주하여 지은 이름이다.

책이 나오기까지 많은 분들께 도움받았다. 읻다의 편집자 선생님들, 그린북에이전시의 김시형 대표님, 그리고 부모님께 감사의 마음을 전하고 싶다.

조현아

확장윤회양분세계

발행일   2024년 6월 12일 초판 1쇄

지은이   조현아
기획   그린북에이전시·잇다
편집   최은지·김준섭·이해임
디자인   박서우
제작   영신사

펴낸곳   잇다
펴낸이   김현우
등록   제2017-000046호. 2015년 3월 11일
주소   (04035) 서울시 마포구 양화로 11길 68 다솜빌딩 2층
전화   02-6494-2001
팩스   0303-3442-0305
홈페이지   itta.co.kr
이메일   itta@itta.co.kr

ISBN   979-11-93240-37-3 03810

책값은 뒤표지에 있습니다.
잘못된 책은 구입하신 서점에서 바꾸어 드립니다.

ⓒ 조현아·잇다, 2024

*본 도서는 토지문화재단 창작실에서 집필한 작품입니다.